每天寫，重新寫，寫到最後

金浩然 김호연／著

《不便利的便利店》韓國百萬暢銷作家生存記

陳思瑋／譯

溫暖推薦

同樣寫作二十年的我，此時讀到這本書，是一種永恆的幸福與鼓舞。

——敷米漿（作家）

跟金先生相近，我的日子，總是在爲那作品而服務。喜歡他誠懇的分享，感動他驚人的創作，我爲自己和他同時代而感到幸福。

噢，他的小說超溫暖的，我還介紹給球評曾公看，更覺得他無私又大方，把心底的故事都說出來了。

本書最後提到的空腹寫作，跟海明威在《流動的饗宴：海明威巴黎回憶錄》說的一樣，創作者確實要保持飢餓感，腦滿腸肥將拖慢你的進度。若眞要享受美食，就也要享受運動。這是我受金先生作品啓發，也想跟創作者們分享的。

至於，不買這本書的人，我不太猜得到原因。
是什麼讓你拒絕讓自己變棒呢？是什麼讓你拒絕讓自己快樂呢？
這兩件事，創作一次完成。而，談創作，這本書非常可以。

——盧建彰（導演）

「眞實人生果然比小說精彩。」——這是喜歡《不便利的便利店》系列作品的我，閱讀金浩然的自傳散文《每天寫，重新寫，寫到最後》時的唯一想法，一邊佩服這個不停失敗的魯蛇作家何以越挫越勇，一邊讚嘆就是這樣的機遇才成就了他筆下引發共感的作品。

打開這本書之前必須先知道，當時金作家還沒迎來《不便利的便利店》的廣大迴響，所以大可不必擔心內容充滿人生勝利組的意氣風發，只需留意他滿頁肺腑之言卻不為人知的辛酸血淚，會讓人瞬時奮進，或拾回遺忘的夢想，或重新充飽力量前行。

——B編（編笑編哭社群經營者）

給臺灣讀者的話

恭喜《每天寫，重新寫，寫到最後》在臺灣出版。

如果身邊有人問我想當作家該怎麼做的話，我會建議他讀一讀這本我的作家生涯二十年回憶錄。要是他讀完覺得：「唉呦，作家好辛苦，當作家好難啊！」那我就會建議他早點放棄。如果他覺得：「唉呦，作家好辛苦，當作家好難。不過感覺很有趣，想挑戰一下耶。」那我就會建議他試試看。

作家要維持生計是很辛苦的，尤其是說故事的人。雖然作家做的事是自己想做的，但要獲得認同與經濟上的回報，需要付出許多時間與努力。這本書聊的就是那份付出，同時也探討了什麼夢想是即使放棄或犧牲部分生活也要實現的。

二〇〇一年步入社會，我當上電影劇本作家，接著又經歷了漫畫編劇與小說編輯的工作，直到二〇一三年我出道成爲小說家。此後，我持續創作了幾部電影劇本和小說，並以此維生，但我並不是有聲望或銷量的作家。這本書寫的是「寫作的意義」，由每天寫、重新寫、寫到最後的我所寫下。這本書也是我坦然的告白，就算沒有暢銷作品，就算沒有成爲富翁，我仍然可以靠寫作維生。

這本書於二〇二〇年十一月在韓國出版，五個月後我的第五部小說《不便利的便利店》在韓國出版，廣受讀者喜愛，之後《不便利的便利店》也被引進臺灣，同樣受到了讀者的喜愛（感謝臺灣的讀者們！）。因此，這本書就成了我當上暢銷作家前的作家生活紀錄了。

讀過《不便利的便利店》的讀者們讀這本書會得到雙重樂趣，不但能乘坐時光機回到過去觀察我的作家生活，還能去尋找寫《不便利的便利店》的作者的內心世界與創意源頭。

臺灣的書迷和有志成爲作家的朋友們，希望這本書能帶給你們快樂，並對你們有所幫助。

二〇二三．夏天．首爾

金浩然　敬上

目次

序——

工作誌或生存記

以下是二〇一三年秋天《望遠洞兄弟》出版後，我接受某家媒體採訪時的對話。

記者：聽說您本來是電影編劇。

我　：編劇工作我做很久了，韓國電影劇本開發的各個階段我應該都經歷過。

記者：（眼神中滿是好奇）是喔？那是做了怎樣的工作呢？

我　：在電影公司跟大家住在一起合宿寫劇本，也和導演兩人合寫過，當過大企業電影公司的企畫開發編劇，也待過知名導演的編劇團隊。喔，當然我也跟討人厭的製作人共事過。就這樣工作了十三年，很遺憾的是，這些劇本沒有一部在編劇名單掛上我的名字上映。

記者：（遲疑了一下）啊……我看您的簡歷發現您曾經寫過漫畫故事，請問有哪些出版的漫畫呢？

我　：我在第一屆富川漫畫故事徵集比賽得到大獎，但是很遺憾，這部作品也沒能製作成漫畫。

記者：（控制臉部表情）嗯，原來如此。

我　：因為不管是電影還是漫畫，都要靠導演和漫畫家用我的創作來完成作品，才會有成果。後來我就下定決心要做自己能親手完成的工作。

記者：（很高興的樣子）所以之後你才寫了《望遠洞兄弟》啊！

我　：不是，是一部叫《幽靈作家》的作品，是我的第一部長篇小說。

記者：那部作品……

我　：投稿過韓國所有的長篇小說徵集比賽，都落選了。

記者：（看起來一臉無奈）原來如此，您應該很辛苦吧。

本人：（笑）還好現在書出版了，還能接受採訪。

話雖如此，採訪結束後，過往的片段猶如催淚電影的回憶畫面，盤旋在我腦中好多天。那些我失敗的紀錄，以及每天在寫作領域與人生中感到挫敗的日子，一幕幕在我的前額葉邊緣不停徘徊。此時，我想起了美國作家芭芭拉．阿伯克隆比說過的話：「人生中所有的難關都是素材，如果我們沒死，就該把這些歷經困難的故事寫下來。」❶於是我下定決心整理我的失敗經驗談。然而，沒有任何出版社願意幫一位剛出道的新人小說家出版陰鬱的散文，因此我又回到了生計型作家的日常狀態，寫下一部小說、下一部電影劇本。雖然那些失敗的經歷偶爾會出現在夢中威脅我，要我在嘗到更嚴重的失敗前寫下它們的故事，但我只是不以爲然地繼續撰寫新故事。

今年是我編劇與作家生涯的第二十年，成爲小說家已經是第七年了，期間我寫了三部長篇小說，我的名字終於出現在某部電影的工作人員表，成爲專業的編劇。於是我就此忘了我的失敗經歷嗎？怎麼可能。還好我已經認知到失敗的經歷在未來也會持續更新，也知道這就是這件工作的本質，所有的草稿都是垃圾，現在寫下的文句將來都會被改寫，不可能有所謂完成的作品，停止寫作只是因爲截稿日到了而已。人生也類似這個道理，我們修正昨日過今日，改正今日過明天。與每天失敗又繼續生活的崇高相比，寫作的失敗不過是微不足道的日常。

無論如何，在韓國寫作二十年並生存下來是有意義的。就我觀察，雖然很多小說家會寫散文，但關於小說創作過程的故事並不多，而且我幾乎沒看過電影編劇寫的工作誌，那麼身爲小說家與電影編劇的我所說的故事，應該會對夢想成爲作家的人和我的同行有所幫助。於是我決定整理出我的工作誌，或要稱之爲生存記也可以，這是二十年前我無法想像的故事，也是七年前我根本不敢回想的失敗紀錄。

在我的作家生涯中，大部分和我一起共事的人、公司和團體都在這本書裡被提到了，若出現討人厭的玩笑與批判性的描述，請大家多體諒，也再次感謝各位幫助我度過曾經艱苦的作家生活。另外，本書也出現許多優秀的描寫方式，這都是我在寫作能力低下時透過閱讀各種寫作方法的書所學到的。希望作家前輩們能夠體諒我與大家分享這些創作養分，我由衷地感謝你們每一位。

現在，讓我們一起回到二〇〇一年，一位身材矮小的二十八歲年輕人寫完一部劇本後去拜訪了電影公司，他因爲自認爲有點會寫作就自以爲是。讓我們跟著他，看看接下來故事會如何發展吧。

S #1.

狎鷗亭洞，電影公司辦公室，白天

---

❶ Barbara Abercrombie，《*A Year of Writing Dangerously: 365 Days of Inspiration & Encouragement*》。

＊編按：本書未標記為譯註或編按之註解，皆為原書作者註。

第一章

新手編劇的習作地獄

就算寫劇本很難，

也沒採礦那麼累。

只是比採礦更陰暗一點而已。

——德布・科內特（編劇兼製作人）*

＊出自威廉・M・艾克斯，《別讓你的劇本遜斃了！》。

我的第一個職場是電影公司

這家電影公司在狎鷗亭洞，二〇〇一年的春天，我去面試編劇一職。公司就在島山公園旁，看起來滿像樣的，從入口開始就是由竹子打造的通道。位於狎鷗亭洞的三層樓玻璃帷幕建築，散發著一種氛圍，看起來就像最近在江南發展得很好的電影公司。曾是韓國電影業中心的忠武路，如今已成了過去式，這個時代的電影公司都帶著湧現的資本落腳江南，這裡就是未來，韓國電影就要在此重新開始。

這家公司在過去兩年有三部商業電影上映，是間有實力的公司。編劇組的室長髮際線俐落乾淨，給人一種硬漢的感覺，莫名酷似《駭客任務》中的莫菲斯。我和他面試完走出電影公司時心想，在這種地方工作應該會很拉風。出了公司我往狎鷗亭站走去，這時室長聯絡了我，他說如果可以的話，希望我能馬上回去跟公司代表面試。於是我踏著輕快的步伐轉身回去。

面試結束後，代表帶我去地下室，沒錯，就是地下室。迷人電影公司的員工們工作的背景是落地玻璃窗，眼前這番景象我在電視劇中見過，我經過了地上層的空間，跟著代表前往地下室。地下室的樓高很矮，雖然大白天開著日光燈，看起來卻很陰暗。經過了有小洗手台的入口，以走廊為中心，左右各有幾間房間，這裡讓人聯想到鷺樑津常見的考試院❶，用一個詞形容：陰沉。

代表打開某間房門，裡面擺著一張長桌，三個大男人圍坐在桌子旁，每人面前都擺著一部筆電，他們一致地朝我的方向轉頭。其中一位是編劇組室長莫菲斯。另一位頂著和莫菲斯同樣俐落的髮型，光看坐著的高度就知道他是位身材魁梧的巨人。還有另一名男子穿著很像金正日那種人會穿的中山裝式外套，並用犀利的眼神觀察我。莫菲斯、巨人與間諜是我對「劇死派」，也就是「編劇界不死派」的第一印象。代表說他們是日後將跟我一起工作的編劇，然後叫我明天開始來這裡上班。這裡？不是透過整面落地玻璃窗看到幽美庭院的一樓，或是眺望島山公園的二樓，而是這個地下室？地上層眞的就沒有我的位置嗎？還是說劇本要在地下寫才夠格？我腦中突然浮現一堆問號，不過我太晚就業，現在已經不容我挑剔了。

我火速決定進入這家公司，然後在回家路上順道去了經常光顧的漫畫店。抱著平日下午泡漫畫店的行為就到此為止的心情，我追了之前沒跟上的連載，點了漫畫店裡的美味泡麵來吃，就這樣度過了上班的前一晚，同時也邊考慮著是否要在有三名鐵漢子的地下室上班。

我比同屆的人晚畢業，二〇〇一年上半年是我的最後一學期，只剩下一門通識要修，所以我從年初就開始準備就業。即便如此，我並沒有去考多益或是寫考古題，待在學校圖書館看書、隨筆寫作就是我所有的準備了。

當時我決心要做電影工作，並覺得用寫劇本的方式進軍電影界應該最爲有利。因爲我主修韓國文學又喜歡電影，而兩者的交集就是劇本，這是文字與電影最能結合的領域，也是最適合我的——我自己爲此下了相當合理的結論。當時ＣＪ與樂天等大企業尚未進軍電影界，最先要留意的就是電影週刊《Cine 21》刊登的電影公司員工招聘廣告，大多數人都是看招聘廣告前去應徵，或是透過人脈與熟人牽線找到工作。

那年春天，我在學校圖書館閱讀美國知名導演奧利佛·史東的傳記《*Stone: A*

❶譯註：考試院是韓國專門租給考生的單間備考房，考生會在狹小的空間獨自專注讀書過日子。

Biography of Oliver Stone》或希德．菲爾德的《實用電影編劇技巧》等書，我的就業準備就只有隨便寫點東西，把寫完的某部長篇小說投稿給正好在選編劇的幾家公司。事情就是如此進行的，嘗試感興趣的工作，應徵看看，應徵上了就做，不行就再來一次。其實我一直在等待製作電影《薄荷糖》的東方影視回覆我，而不是最後決定加入的這家公司，但是我不能再推遲就業時間了。

雖然幸運地突然找到工作，但總感覺心裡有點不是滋味。我心想，如果不是地下室就好了，如果不是那三位鐵漢子就好了，要是不用轉乘地鐵就好了……但我將這些奢侈的苦惱拋諸腦後，下定決心先去上班。

隔天早上上班，我對一樓視而不見，逕直走向地下室，彷彿這裡才是最適合我的地方。我帶著這個架式進入地下室，發現這裡和昨日沒有一絲不同，還是很陰沉。抱著僥倖的心態打開了工作室的門，我嚇了一跳。昨天那三個大男人是用跟昨天完全一樣的姿勢圍坐在桌邊敲打著筆電嗎？什麼啊？他們是地縛靈嗎？他們看到我就喃喃自語地說：「喔，你來上班了啊。」「那應該是早上了吧。」「該睡覺了。」然後起身。

莫菲斯和間諜丟下迷糊的我，走進另一個房間。我從門縫偷看到裡面擺著一組雙層床，本能地看出這代表什麼意思。要逃跑嗎？我的眼神開始動搖，但高大魁梧的巨人突然走到我面前。

「聽說你是韓國文學系畢業的，這是我們正在寫的東西，我們睡覺時你讀一下吧，要是能改一改錯字也好。」

不同於他氣勢逼人的外表與塊頭，巨人說話的語氣親切又沉穩，他遞給我厚厚一疊的Ａ４紙。

連巨人都進臥室去了，留下我自己站在寂靜的地下室入口桌子旁，我苦惱了一下。就是現在，現在是逃跑的絕佳機會，別管什麼電影公司了，就放棄工作去日本吧。其實我才剛拿到日本的打工度假簽證，還有一年的餘裕，這是一項野心勃勃的Ｂ計畫。要是電影工作不如我意，我就要去日本工作賺錢，然後買攝影機來拍獨立電影。不過因爲突然被狎鷗亭洞某家很酷的電影公司錄取了，所以才剛剛決定不考慮這件事的。啓動Ｂ計畫的機會就是現在。然而，面前擺著厚厚一疊約六十頁的「故事」，我輕輕地拿起它。嗯，讀完再做決定也沒什麼壞處，這是那幾位來路不明的人熬夜寫出來的作品，就讀讀看吧，看完如果覺得實力不錯，在他們底下工作也行吧。我抱著相當、非常、超級、極爲傲慢不羈的想法拿起它。

這份六十頁Ａ４的劇本論述❷是關於某個壞蛋刑警的故事（當時我甚至不曉得那是劇本論述），讀起來就像看小說般流暢。刑警收賄，他很愚蠢卻又狠毒，也很會打架。

反正開頭非常有趣，這個故事好像完美融合了阿貝爾．費拉拉的《流氓幹探》和李明世的《無處藏身》，我帶著這種自以爲是的想法繼續讀下去。讓我看看接下來會怎樣吧，好像越來越有趣了，眞的越來越有趣，很有趣耶……欸，不對啊，這故事超級有趣啊！

花了一個多小時讀完這個故事後，我變謙虛了，變得非常謙虛又寒酸，寒酸到好像能鑽進地下室裡的地下室一樣。透過這份初稿我才認識了這些來路不明的男子，他們是「怪物」，在他們底下工作已經夠好了。不，這肯定是個很棒的機會。

那天我讀的壞蛋刑警故事是電影《人民公敵1》的劇本論述初稿，後來我從事電影工作的二十年間，從未看過比這更好的劇本論述（當然我現在也無法寫得那麼好）。這就是起點，巨人遞給我的六十頁Ａ４紙，就是推動我想要成爲電影編劇的第一個引信。之後我畢恭畢敬地（同時也是不得不畢恭畢敬地）跟隨著三位怪物前輩，漸漸適應了地下室的生活。《人民公敵》之後由康祐碩導演執導，康祐碩導演與「姜哲鐘」這個史無前例的角色爲韓國刑警電影寫下精采的一筆，而身爲這部電影編劇的「劇死派」也成爲永遠讓我感到驕傲的前輩與大哥們。

據說某天大哥們正在忙著寫劇本時，康祐碩導演和自己的美術指導一起來過工作室。美術指導看到大哥們在公司吃住好幾個月創作出的《人民公敵》劇本，便說：

「這些人就像不死派一樣，電影劇本界的不死派。」

他把大哥們比擬爲領先時代的名作《No. 3》中的宋康昊與不死派，看來我第一天進電影公司時感受到的正是這個。此後，大哥們就被稱作編劇界的不死派，簡稱「劇死派」。和劇死派一起開始做電影工作，對我來說既驕傲又自豪，當然，大哥們聽到我這樣告白應該會害羞到不知所措。也許是因爲我從劇死派那裡學到了飢餓精神吧？我想，能夠被稱之爲「空腹寫作」的這個故事，應該也是從那個時期開始的。

我，電影劇本界的玄靜和❸，不，應該是電影劇本界的林春愛❹，在二〇〇一年春天，於狎鷗亭洞的地下工作室，找到了我的第一個職場，也是第一份工作。

---

❷劇本論述是將電影情節以小說形式寫下來的東西，這是故事大綱與劇本之間的階段性成果，分量大約二十頁左右，但每家電影公司都會稍微不同。

❸譯註：韓國傳奇女子桌球選手，曾拿下世界桌球錦標賽大滿貫。

❹譯註：韓國女子中長跑選手，曾在韓國漢城舉行的一九八六年亞洲運動會榮獲三項金牌，也是一九八八年奧運上倒數第二棒的聖火傳遞手。

如何在習作地獄中不發瘋

劇死派大哥們創作《人民公敵》的劇本時，我先和另一位編劇前輩合作。沈前輩是實力堅強的編劇，寫過《血腥海灘》與《一天》的電影劇本，他從寫劇本的基本功開始一步步教我，是我非常感謝的「老師」。公司交給我們的企畫與間諜故事有關，從初期的田野調查到最初的故事大綱❺，我一一向沈編劇學習並開始寫作。我學會了劇本創作的程序，從一開始接下企畫、田野調查，寫幾頁開頭的故事大綱讓人確認後重新修改，再把內容完成至劇本論述的階段。這是劇本創作的基礎，也是非常重要的學習。

我和沈編劇一起整理出二十頁左右的故事大綱，公司看完故事大綱後確定要正式開發，就進展成名爲《諜變任務》的企畫。後來，寫完《人民公敵》劇本的三位前輩也加入這個案子，我跟沈編劇、劇死派三人幫和企畫部門的某位員工一起，以「間諜組」之名在公司合宿創作劇本。進公司不知不覺就過了五個月，公司把狎鷗亭洞的私人住宅改造成辦公室，我們在二樓工作，食宿就在地下室解決。從此時開始直到劇本獲得投資爲止，我們就在電影公司裡開啓了無限期的合宿生活。

夏天快過完了，我帶著編劇老么的頭銜，看著像群星般耀眼的前輩編寫劇本大綱、編排場景、調整角色，像海綿一樣吸收並學習。雖然合宿生活有很多雜事，但是沈編劇和大哥們都不會專制霸道，大家一同工作、一起生活也很有趣。然而無論如何，合宿依舊是限制了個人的自由，而且交稿日壓力龐大，也算是一段辛苦的日子。儘管如此，前輩們還是給了我很多幫助，學習怎麼編劇也很好玩，每天都過得充實又滿足。

電影編劇的師徒制系統如今已難以想像，而我則有幸在這個制度消失前的尾聲親身體驗。當時我得聽著朋友嘮叨地問「到底在哪裡工作」「爲什麼不能來喝酒」「是不想花自己的薪水嗎」，甚至後來朋友間還傳言我陷入直銷產業。從某種角度看，我的工作或許也很像直銷。電影界常常被比喻爲直銷，因爲進入門檻低，而留到最後的成功者就

---

❺故事大綱（Synopsis）有「全貌」或「概括」之意，即電影或電視劇的簡單劇情或是概要。

會拿走一切，類似的領域還有黑社會。

回憶起那段時光，我就會感到快樂、辛苦、痛苦、刺激、疲憊、拚命、幸福。年輕時把所有青春能量貫注在一件計畫上的人，都會感同身受。我有幸遇到優秀的前輩，能夠和他們共同執筆創作出精采的作品。至今我仍清晰地記得那年秋天的那一天，演員韓石圭讀完八十多頁《諜變任務》的劇本論述後正式被選為卡司，我一聽說韓演員同意出演，就和前輩們激動地擊掌。這一刻多麼有意義啊。演出了《魚》和《殘骸線索》後，當代最強演員韓石圭經歷四年的空窗期，選中我所參與的《諜變任務》作為回歸之作。

韓石圭加入卡司後，編劇工作又陷入水深火熱，為了跨越截稿日這座大山，整個團隊都費盡了心思。我們整個冬天都在工作，直到第二年春天劇本才裝訂完成，而我則決定辭職。我想，既然連裝訂都參與到了，我的任務應該已經完成了吧。其實當時我已身心俱疲，最主要的原因是腦中的想法一直在撩撥我。身為一位幹勁十足的新手編劇，不知不覺間我也想到了自己想寫的故事，在大哥們與周遭朋友的勸阻下，我依舊表示要做屬於自己的創作。當時，我完全沒有能力判斷與公司合作的力量有多大，不曉得缺少了公司的幫助，要獨自編劇有多麼困難，也不知道自身的力量有多麼不足。

弗雷德里克・馬泰爾的《全球文化戰爭》中有這麼一段話：

「糟糕的編劇沒有想法（這對他們來說是很悲哀的事），好的編劇想法太多（這是他們的侷限）。偉大的編劇，尤其是創意豐富的編劇，他們只有一個想法。」

我好像因爲自己不是糟糕的編劇就受到鼓舞，但當時我的想法非常粗糙，現在回頭看簡直就像毫無想法一樣。儘管如此，我還是自評爲想法太多的編劇，雖然可以視爲年輕人的野心，但我認爲這實際上也許是自我陶醉的作家病的源頭吧。

自己在家寫自己的劇本來賣，果然不是件容易的事，雖然懷抱著參與韓石圭演出的劇本而產生的自豪與自信，我揉捏著自身的創意去寫劇本，但進展並不順利。大哥們和沈編劇以老練的組織與協調能力描繪出故事藍圖，而我只是在其中做了詳盡的資料調查，寫了不重要的戲與臺詞，這就是我以前的工作模式。如果我機械化地製造磚頭擺上，大哥們和沈編劇就會把磚頭重新組合建成牆，像在批准文件一樣修改，改寫成合理的戲、合理的連續鏡頭、合理的一篇故事。自以爲靠一己之力能完成這一切的自信，簡直可說是匹夫之勇。

最重要的是，無論是獨自寫本還是共同創作，寫劇本本質上就是一件非常難的工作，試想用七十到八十頁Ａ４紙分量的劇本至少要獲得幾十億韓元的投資，這絕對不是件容易的事吧？若要比機率低的話，無名編劇的劇本被拍成電影並在全國戲院上映的機率，根本輕鬆完勝司法考試的合格率。但有多少人會進考試院寫劇本？無論是當年還是現在，寫劇本的苦都被大家低估了。當然，也有人在什麼都不知道的情況下，第一次寫劇本就大獲成功，但這種運氣就像中樂透一樣，幾乎沒辦法複製。很多作家的第一部作品（實際上）就是他的最後一部，雖然能成功一次，但持續拿出優秀表現是極爲困難的事。這道理不僅適用於寫劇本，而是所有創作與工作的根本道理。因此，與其說要學習怎麼寫劇本，我更應該先學習如何工作。

二〇〇二，世界盃熱潮正盛的那年，在父母憂心忡忡的怒視下，我窩在家裡寫完了三部劇本。周遭的人給我的回饋是說，最先寫完的青春劇很像男版的《貓咪少女》，所以我就投稿給製作《貓咪少女》的製作公司。不久後電影公司回覆說，若我根據眞誠的評論內容修改後再寄回的話，他們會再審閱一次，卻完全沒提到簽約的事情。儘管我不是很開心，但後來我才知道會回覆評論給新人劇本投稿的電影公司已是十分友善，很久之後我才抱著感恩的心看待此事。不過我並沒有修改劇本再寄回去，因爲我想把下一個創意寫下來，也因爲當初的我只是個毛頭小子，不可能了解「寫作就是不斷重寫」的道理。

第二個故事是科幻故事。因爲我本來就喜歡科幻電影，也覺得這個類別很不錯，於是就豪邁地開始創作。然而快寫完初稿時，被歸類爲韓國式科幻電影的上映作品好像都票房失利，其中包括了《奪命密碼》《眞愛傾城》，還有《賣火柴女孩的再臨》。所以當時電影界前輩問我要寫什麼，如果我說要寫科幻，前輩和我自己都會笑出來吧，當時的情況就是大家都只能笑而已。

儘管如此，我還是不間斷地寫。我現在還是覺得《銀翼殺手》與《魔鬼終結者》裡異種交配下誕生的角色還不錯，不過我寫完向多家電影公司投稿都沒得到任何回覆。

「科幻電影都失敗了還寄科幻劇本，你瘋了吧。」就算是這種回覆我也想聽，因爲那時的我正是希望有人能證明我瘋了。

趁著這股瘋勁，我馬上投入第三部創作。當時我著迷於英國導演蓋．瑞奇式的搶劫片，構想了一部韓國版的《兩根槍管》。故事講述三位退伍後無所事事的軍中同梯搶劫財閥家別墅，他們沒搶到錢而是綁架來別墅玩的女歌手，之後才發現女歌手想逃離經紀公司。她趁機利用他們自稱被人綁架，三個傻瓜被這位女歌手牽著鼻子走，反而協助她展開一段逃跑之旅。希望讀者們能了解，現在回溯記憶寫出這段簡短的故事大綱，令我害羞到無法控制我的手指，幾乎快要寫不下去，但是基於一股使命感，我想盡量坦誠地整理出我的編劇履歷。我可是用盡全力在敲鍵盤啊。

這部作品和《兩根槍管》的唯一共同點就是，最後一幕裡三個傻瓜從別墅偷來的東西中有瓶價值千萬韓元的名牌威士忌，他們想要把酒喝掉，因爲誤以爲那是便宜洋酒。

總之，這部作品經過數次修改，也和電影公司開會討論，但最終還是淪爲不可回收的垃圾。希望讀者們能藉由我的經驗了解到，搶劫片看似輕鬆隨意，卻必須寫得非常巧妙，編劇需具備相應的內功。

就這樣，在習作地獄裡揮霍掉三部劇本的二〇〇三年初，《諜變任務》上映了。沒受邀參加試映會的我和兩位辭職的電影公司同事一起進了電影院，我參與的第一部電影出現在大銀幕上，我屏息看了兩個小時的電影。雖然有些部分與劇本不一樣，但基本上算是忠於劇本（可能是我胳臂向內彎吧），對我而言，這兩小時是非常深刻且充實的時光。

看完電影，記得有兩件事讓我備受衝擊，一個是結尾的工作人員名單裡，我的名字被放在「劇本進行」而不是「劇本」之列，之後我在韓國電影的工作人員名單中都沒看過「劇本進行」這個分類。另一個則是我很害怕自己是否能擺脫這件事。看完電影後，我和朋友一起去了居酒屋，像是在宣讀信條一樣說道：

「我寫的臺詞幾乎一字不差地從演員韓石圭的口中直接說出來，我寫的臺詞沒被刪減或更動，原封不動地透過他的嘴巴輸出，然後又輸入回到我的耳朵裡。」

《諜變任務》劇本創作期間長達十個多月，期間我寫了無數場戲與臺詞，大部分的內容都被淘汰，或是經由前輩作家們的更改，變得更加精妙優秀，但那也是被上級退回或修改後才變形的。經過這些關卡後，劇本裝訂印刷成臺詞，這些臺詞又會在拍攝現場透過演員的即興演出再變形，或在之後的剪輯階段由導演斟酌後刪除。身爲編劇組的老么，我寫的臺詞初稿要通過所有關卡生存下來，絕非易事。但是高潮部分的某句重要臺詞，卻在沒有任何修改的情況下完整保留下來，還由我喜愛的演員在大銀幕上清晰地說出來。

我寫的臺詞撐到最後活下來，又回到了我的耳中，這種經驗讓我體驗到未曾感受過的某種高潮。那感覺就像有上千顆卵孵化出鮭魚苗，其中只有一隻魚活下來游回江水，而我正輕撫著那隻魚的感覺。這份體驗賜予我繼續寫電影劇本的渴望，這件事既是啓發也是衝擊，它告訴我，我應該要繼續做這件事。對於搞砸了三部劇本的我而言，電影再次向我展開雙臂，我不能放棄寫劇本。

那年春天，青年影視聯絡我，某位製作人好像對我以前投稿的第一部青春劇有興趣。當我踏進大學路上由韓屋改建成的辦公室，感嘆著製作人的評論很有誠意且說話語氣很周到，我同時產生了想在這裡工作的念頭。製作人表示雖然他無法簽下這部青春劇，但他透過這部作品認識到我的實力，並詢問我願不願意參與公司開發的作品。這一年來我早已被打擊到體無完膚，因此這提議簡直讓我感動到心頭一熱，而我也體會到，透過作品得到他人認可是多麼珍貴的事。最重要的是，看完《諜變任務》後，我對電影的渴望越來越深了。

然而，我拒絕了這項提議，因爲半個月前我才剛進入某家公司，那是我的第二個職場，我從事第二份工作的地方。

第二章

甜蜜苦澀的餐桌寫作*

*餐桌寫作是指工作下班後在餐桌上寫作的行為，這麼做的代表性作家是《哈利波特》的作者J・K・羅琳。

有才的人很多，

但不知道有多少人在浪費才能。

重要的事實是，

光有才是不夠的，

也要有能力擁有才能。

——露絲・戈登（電影演員／編劇）＊

＊出自芭芭拉・阿伯克隆比，《*A Year of Writing Dangerously: 365 Days of Inspiration & Encouragement*》。

第二個職場是出版社

ceejak.com是曾執導《天下壯士麥當娜》《信徒》等作品的李海暎導演擔任編劇時經營的個人網站。當時的編劇與想成爲編劇的人覺得沒地方分享抱怨與取得資訊，於是像麻雀進出磨坊一樣頻繁造訪這個網站的留言版。我在這裡獲得許多很棒的資訊和建議，也常會上傳文章。當時這個網站幾乎是個獨一無二的編劇集散地，我至今仍想跟經營網站的李海暎導演表示深深的感謝，像我一樣虧欠這個網站的人應該很多。

簡單來說，誠如第一章提過的，我把三部原創劇本寄給電影公司，全都失敗後我就陷入了習作的地獄。某天ceejak.com留言版上有篇文章吸引了我的注意，內容大致是：

「我們是一家位於大學路上的出版社，只要上午協助出版社業務，下午可以在自己的桌上寫自己的劇本就好。供午餐，月薪約七十到八十萬韓元，每週工作五天。出版社的職員對劇本很感興趣，所以在此公告徵才。」

實在是太誘人的提議。二〇〇三年春天時，我是個已經一年都沒收入的無業遊民，說要寫點東西卻徒勞無功，只是個蹭飯吃的兒子，在家工作時專注力下降，無論如何都迫切需要一個屬於自己的工作空間（這是作家們的痼疾——直接把問題歸咎於工作環境。當然，會這樣想也是有一定的道理）。這家出版社提供工作室和午餐，而我只需要在上午協助處理業務，還能一個月領七、八十萬韓元，對於當時的我而言，這個薪資水準讓我感恩戴德！最重要的是，工作條件符合時代潮流，每週工作五天，而且大學路的位置也很吸引我。

我認眞分析這篇文章，搜尋了上傳者的暱稱「藍風」，發現了「藍風（黃梅）」這家出版社。哎呀！當時廣受中學女生歡迎的「可愛淘」作家的網路小說，就是這家出版社出過的書。我又搜尋了一下，看了出版社老闆的採訪，據說他們是漫畫編劇夫婦。這時所有線索才拼湊成一塊——寫漫畫故事的夫妻創辦了出版社，出版了熱銷作。因爲他們是寫漫畫故事的人，對電影劇本也很感興趣，所以才想聘用編劇當兼職員工。分析完之後，我盡可能誠實地寫了自我介紹，發送到留言版上提供的徵才信箱。

不久後我去大學路面試，從惠化站三號出口出來，經過學林茶坊旁的小巷子，從鳳雛燉雞往成均館大學的方向走，那段春花爛漫的薄石坡路至今仍令我難忘。出版社的辦公室很樸素，不像出版過熱銷作品的公司，我在接待桌等候，不一會兒就見到一位高瘦的英俊中年男子和一位圓臉、語氣平和且讓人很自然地感到自在的女性。自稱鄭社長的女性翻看我自我介紹中寫的各種經驗，提出各式各樣的問題，而我也問了我要做的工作。鄭社長說她與那位中年男子是夫妻，我只要協助他所負責的漫畫組工作即可。那位中年男子則表示自己就是在留言版發文的人，希望我在做漫畫組工作的同時，也能協助他的劇本創作，而我欣然答應了。這是我第一次見到鄭社長和盧老師，之後他們成了我人生中最大艘的救生艇。

隔天開始我就上午協助漫畫組工作，下午在書桌上練習寫作。這裡的工作條件與工作環境非常非常好。鄭社長和盧老師是韓國一把手的漫畫編劇夫婦，盧老師曾是許英萬工作室與高幸錫工作室知名的漫畫編劇，而鄭社長也在高幸錫工作室工作過，是漫畫編劇界的名人。不過，在二〇〇〇年代初期，漫畫界持續不景氣，盧老師想進軍電影劇本界，而鄭社長則對少女漫畫那方面的故事有興趣，爲了了解少女漫畫故事，她讀了可愛淘的網路小說，進而提議出版。

聽說他們倆在得到可愛淘的同意後，曾向自己擔任漫畫編劇時認識的出版社提案出書，但得到的反應卻都只是：何必把網路上廣爲流傳的免費內容出版成書？最後，他們便決定親自成立出版社推出可愛淘的小說，這就是黃梅的起點，也是可愛淘熱銷現象的開始。

鄭社長是位女中豪傑，她不但有氣魄，也很會抽菸喝酒，是很會照顧別人的人。雖然出版事業才剛起步，但她以誠意與熱情推動工作。某天出版社營業部部長偶然遇到大型出版社的代表，他透過業務部部長向鄭社長傳達了這番話：

「出版完可愛淘的小說後，請您立即放棄經營，離開出版界。在這個領域，出版十本書會有一本熱銷，但要是第一本就大賣，之後的九本就會完蛋。所以別浪費錢了，馬上離開吧。」

鄭社長的回應我至今都忘不了。她說一無所有也無所謂，她認為從出版業賺來的錢應該全部用在出版上，因此不用擔心這些事。

換作是我，就會聽那個大型出版社代表的話。如果書大賣，我就會收拾好家當跑去墨西哥坎昆海邊。但是鄭社長堅決走自己的路，我認為這就是職業道德，也是自己開創道路的人所具備的操守。

無論如何，當時還不到擔心這些問題的時候。星期一我去出版社上班，中午公司突然說要聚餐，因為可愛淘的新作在週末拿下教保文庫書店銷售第一。就這樣，在我待的第一家出版社，教保文庫銷售第一就像在冬天見到鯉魚餅攤販一樣稀鬆平常❶。當時的我並不曉得，在此之後我連一次都無法製作或寫出企及這個境界的書，就只能在一旁默默地看著超級暢銷書誕生，然後坐享其成。我從第一家電影公司的劇死派與沈編劇等前輩身上得到了很多幫助，而我在第一家出版社也獲得了可愛淘的超強作品和鄭社長與盧老師充分的協助。事後回頭看，我總覺得那個時期應該是我人生中最幸運的時光。（這篇文章一口氣寫到現在，我打字打得指關節好痠。）

和盧老師一同進行的漫畫組工作也相當有趣。漫畫組的工作大概是這樣的：有些盧老師的漫畫家後輩們聽說可愛淘作品大賣而來找他，由於我和老師都不是出版的專家，一開始我們研究的作品幾乎全都來自於這些畫家。雖然我把這件事寫得像工作日誌，但簡單來說，我的主要業務就是和漫畫家共進午餐時邊喝酒邊聽作品的故事，聚會持續到晚餐時間，酒一杯接著一杯，然後又會有其他人加入，就這樣和無數個漫畫家一起連續喝上好幾天。

但盧老師在漫畫界的人脈實在很廣，包括了《不速之客》的高幸錫、《出雲之月》的朴興勇、《未生》的尹胎鎬、《鬼怪怎麼會來山坡上？》的金容熙和《殭屍搭檔》的

---

❶譯註：鯉魚餅是韓國人冬天必吃的小吃。

金幸章等人，全都是當時實力超強的漫畫家。我平時就很尊敬朴興勇這位作者，後來我也負責編輯他的新作《胡桃樹左邊的路》。

我覺得出版社的工作很有趣，也喜歡跟我一起工作的人。那段期間，聚在大學路小辦公室的八個人不被自身的職責綁架，大家都很努力地製作並銷售彼此想出版的書籍。我們是靠著可愛淘作品的力量才能如此游刃有餘，身爲新出版社的我們，擁有什麼都想嘗試的熱情與能量。出版社的成員也都有各自的特色，某次吃午餐時餐廳的阿姨沒頭沒腦地跟我們討票。票？阿姨對一臉疑惑的我們說：「你們不是劇團的演員嗎？如果有演出的話就給我幾張票吧。」她的這番話荒唐到讓大家不禁笑了出來。我們公司的確位在大學路上❷，當時我的眉毛上穿了眉環，盧老師是帥度不亞於演員的中年人，鄭社長長髮披肩，營業部部長留了一臉大鬍子，主編則綁了個低馬尾。總之比起出版社，我們的人員組成更接近劇團的風格。

二〇〇三年底左右，社長決定採取進攻式經營策略，聘請了資深編輯主管，二〇〇四年初，公司搬到出版社較多的西橋洞。擴充人力後也擴大出版領域，不僅出版小說、漫畫，還有散文、財經管理、自我成長、兒童等幾乎所有領域的書籍，就此成長爲綜合型出版社。新招募來的漫畫組組長待過首爾文化社，而我也和他一起編輯多種漫畫，同時系統性地學會了出版相關業務。我編輯過的代表作包括朴興勇的《胡桃樹左邊的路》

和托馬的《男朋九》，以及由金智恩漫畫家改編可愛淘原著所畫的《那小子真帥》。

那盧老師在漫畫組做什麼呢？漫畫組組長一進來公司後，盧老師就退居爲顧問，然後他就喝酒，喝得很凶。他常問我是不是應該跟他一起寫劇本，當時的我正忙著學漫畫編輯和出版工作，劇本就被拋諸腦後了。剛進出版社時說好要幫他創作劇本、一起成長當上編劇的約定，逐漸被我遺忘了。雖然我一直非常渴望電影工作，但隨著我在出版社站穩腳步，找到某種程度的安定感，也許就開始害怕再次體驗殘酷的編劇現實與習作地獄了。總而言之，盧老師喝了很多酒，而我逐漸忘記了寫劇本的方法。

❷譯註：首爾大學路以活躍的文化藝術活動聞名，隨處可見藝術劇場以及音樂劇演出。

寫漫畫

幾十年後的未來，國家和領土的概念消失，整個世界在全球聯邦政府的統治下由大型企業主導。唯一獲得聯邦政府授權，壟斷產業的複製公司SHADOWS，總部就坐落在遠東亞洲半島地區。SHADOWS在半島南端設置了生產與訓練複製人的祕密空間，這裡就是被稱作複製島的「人體實驗區」，複製島徹底被孤立於陸地之外，分為島東側的學校區與西側的隔離區。

學校可以被視為SHADOWS的核心工廠，學校會訓練優秀的複製人，讓他們投入社會的各個領域。生產複製人的過程中，可能因誤差而產生劣等複製人。這些複製人不滿自己在學校所受的待遇，因而逃離學校，占據了一塊獨立的地區，並構築自身的世界，這個區域就稱為隔離區。在這個世界中還有個反對複製人產業的組織NCM（No Clone Movement）第四區大隊。他們與劣等的複製人冒著生命危險滲透到島上，不斷阻撓學校的運作，目的是讓複製人享有平等的生活，並爭取廢除複製人產業。然而，在聯合媒體徹底的忽視與世人的漠不關心中……

我在習作地獄時期曾寫過科幻電影劇本，但不巧正逢韓國科幻電影票房屢屢慘敗，所以連「賣賣看」的機會都沒有，上述內容就是劇本一開始的設定。

當出版社員工當了快兩年，身為編劇的認同感越來越薄弱的時候，我和漫畫家們一起吃飯時看到了某則新聞。漫畫之都富川將盛大舉行漫畫故事徵集比賽，大獎的獎金高達一千萬韓元！這是第一次只針對故事編劇而不是整部漫畫的徵集比賽，所以漫畫家們也說要用自己的故事參加。

於是我突然想起了那個科幻電影的劇本。沒錯，電影界暫時不會碰科幻電影，但如果是漫畫界呢？漫畫的預算限制比電影少，而且漫畫界反倒更喜愛科幻作品。一有了這個想法，下班後我就開始把科幻電影劇本改編為漫畫劇本。還好這個徵集比賽徵的並不是分鏡原稿，而是劇本形式的漫畫劇情，所以我只要由科幻電影劇本的形式，往提高故事完整度的方向修改即可。經過一個月左右的修改，這部作品變身為科幻漫畫故事，參加了第一屆富川漫畫故事徵集比賽，幾個月後我就獲得大獎。很容易吧？

我的運氣很好。首先是因為我有已經寫好的作品（所以作家要先累積作品，這不是回收再利用，而是加工讓它復活）。而且，評審委員是金亨裴老師與李賢世老師等人，這兩位大師分別以《二十世紀騎士》與《太空決戰》在韓國科幻漫畫界打響名號，也許正因如此，我的科幻漫畫故事才得到較高的分數。

我在頒獎典禮上發表得獎感言，表示身爲漫畫編輯，我認識到優秀的漫畫故事的重要性，爲此我付出了很多努力。在科幻電影接連失敗的時期，我在習作地獄裡寫下的科幻劇本脫胎換骨，帶給我無比的喜悅。最重要的是，這個獎項讓我重新意識到自己的作家身分，因爲這個獎，我在出版社也能抬頭挺胸了。在典禮後的慶功宴上，我很敬重的金亨裴老師大大讚賞了我的作品，我深受感動。老師只建議我要修改一下作品名稱，這件事我早就料想到了。本來的名稱是《人體實驗區》，原本我對得獎不抱太大期待，所以沒有在作品名稱下功夫，實在很慚愧。

作家應該優先把心思花在作品的名稱。現在我不寫想不出標題的故事了，我的字典裡也沒有「暫定名稱」這個詞。標題既是故事的船桅，也是指南針。寫作時爲了不要走偏，要藉由標題抓住核心，讓創作者不忘初心。我眞心不推薦沒有標題就先開始寫作的艱險航行，這種情況應該要禁止啓航。

也許是因爲作品名稱沒有改好吧，《人體實驗區》最後沒能以漫畫的形式完成。榮獲大獎的作品無法以漫畫形式完成，實在令人感到抱歉又遺憾。有趣的是，獲獎後出版社的員工們才認可了我作家的身分。在這之前我會聽到「聽說金代理以前寫過什麼電影劇本」這種負面評價與惡劣的玩笑話，但獲獎後我就被認可為眞正的作家，甚至為了讓我請客，公司旅遊還順道去了群山。星期五晚上我們分乘三輛車，我在某家有名的生魚片店請了豪華的一餐，當時某位員工說：「因為金代理的作品中獎，我才能來群山，還吃了生魚片……」而我接著抗議說：「不是中獎，是獲獎！」那眞是一段多采多姿又很快樂的時期。

但是大家都快樂的出版社生活並未持續多久，從二〇〇四下半年開始，黃梅出版社學到昂貴的一課。當時正要進入智慧型手機的時代，出版業全體開始陷入困境，黃梅出版社也經歷了各種錯誤的嘗試，經營逐漸變得艱難。可愛淘的合約到期，大家都眞實感受到尋找新的熱銷作家有多麼困難。

幸虧當時開始吹起日本小說的風潮，社長挖掘到的日本小說有一定程度的銷量。不過卻傳言將出現某個看不見的怪物，也就是未來會遇到的電子書，所以大家都只能心急如焚。單行本的市場越來越難經營，編輯部員工的數量也開始慢慢減少。在這種情況下，我親自企畫編輯的漫畫連首刷都賣不完就被退回，堆在坡州的倉庫裡。我看到那一幕簡直要氣炸，當時的心情就好像是，不管要去哪裡，我都想帶著這些書去外面賣掉。

我想談談當時做漫畫的感想。比起電影界狠毒的創作者，漫畫界的人簡直善良純樸至極。我認識的漫畫家大部分都只會畫畫，他們喜歡漫畫，就像窩在小房間裡畫著一張又一張草圖的畫圖機器。而且他們會來出版社聽編輯對原稿的建議，來出版社的那天他們會一臉難掩的興奮神色，對編輯的勸酒感到相當開心。當時漫畫雜誌的時代已經進入尾聲，網路漫畫才是新趨勢。我認識並負責的漫畫家大多都是從漫畫雜誌出道，他們的草圖眞的很美，但在網路漫畫的世界裡就算草圖有些粗糙也沒關係，更重要的是故事、表現方式與網路上的呈現，這些都成爲往後韓國漫畫的趨勢。於是，我認識的漫畫家有幾位成功轉型爲網漫作家，但大多數人都在教育類的漫畫中打滾，或是因爲沒有雜誌版面而無法再畫漫畫了。當時。我就像看著恐龍逐漸沒落一樣。

黃梅出版社也因爲經營困難而必須裁員。二〇〇四年底，身爲漫畫組唯一的單身漢，我做好了隨時辭職的準備。如果我說：「有家庭的人應該留下來，我去寫電影劇本就行了。」前輩們就會耍嘴皮子說：「你是想離開去寫劇本，去危害電影界吧？」並說他們離職就可以了。

二〇〇四年過完之後就裁員了，然後就沒有漫畫組了。漫畫組直接變成單行本的編輯組，而我成了小說組的組長。雖然底下並沒有組員，但我的職務就是全權負責公司所出版的小說。我嚇到了，壓力也很大，但能繼續從事出版工作，能繼續吃出版這一行的飯眞的很好，而且能和教我如何做書的親愛前輩們，以及鄭社長和盧老師繼續共事，眞是太好了。

二〇〇五年就這樣開始了。

大衆小說的力量

猶如剛起步時一樣，二〇〇五年初，黃梅出版社又回到了我二〇〇三年首次進入公司時簡約樸實的人數。雖然已經沒有熱銷作家可愛淘了，但這期間出版社也推出了各種領域的五十多本書籍，在市場上占有一席之地。

身爲小說組組長，我每天都要查看投稿到電子信箱的稿件，還要了解現有小說的銷售狀況。我要審閱版權代理公司寄來的外國小說評論，若有感興趣的書就要洽談版權來出版。其中一本作品就是義大利的小說《馬賽克拼圖謀殺案》，我全心投入這本書的宣傳。我們把握到《達文西密碼》掀起的懸疑寫實小說熱潮尾聲，大幅提高了銷量，之後又乘勝追擊出版了續集《光的謀殺案》。

另一方面我還要負責公司招牌的日本小說，繼由鄭社長親自挖掘並獲得超高人氣的芥川賞得獎作品《欠踹的背影》之後，我們陸續介紹了石田衣良、大崎善生、伊坂幸太郎、宮部美幸等優秀作家的作品給韓國讀者。其中我特別喜歡伊坂幸太郎，很開心能編輯他的處女作《奧杜邦的祈禱》。他的小說就像拼圖，在巧妙的布局中自由穿梭於驚悚、人性、科幻與奇幻之間，展現出奇妙的故事情節，這樣的才華真令人羨慕。《重力小丑》《Golden Slumbers—宅配男與披頭四搖籃曲》《家鴨與野鴨的投幣式置物櫃》等作品在日本被翻拍成電影，其中《Golden Slumbers—宅配男與披頭四搖籃曲》還被翻拍成韓國版，可見伊坂幸太郎作品的力量。

二〇〇六年夏天，我和其他出版社的日本小說編輯們一起參加了東京書展。某晚我們在秋葉原的居酒屋喝酒，大家都很好奇當年度的直木賞會由誰拿下。某位編輯問：

「請問有哪家出版社拿到伊坂幸太郎《沙漠》的版權嗎？這次他應該能靠這部作品得獎耶。」

直木賞獲獎作品在韓國也會大賣，大家都在互看。我記得當下時間沒辦法拖太長，於是我靜靜舉起了手，而大家都羨慕地看著我（但其實當年伊坂幸太郎並沒有拿下直木賞！）。

擔任小說編輯時，很多版權公司會寄給我精簡過的「數不清的故事」，為了在韓國出版世界各地的熱銷小說，他們會介紹各式各樣的小說給我，包括英美、日本、歐洲、中國，還有印度小說。一般的版權代理公司都會寄精簡過的小說主題與劇情，如果讀完評論後感興趣的話，就會申請審稿並委託譯者試譯。在這一連串的過程中，我稍微窺見了世界的小說與小說的世界，還學到了怎樣的大眾小說會讓人覺得有吸引力，並且會大賣。

相反的，該怎麼形容韓國小說呢？韓國小說似乎有種停滯不前的感覺。投稿到出版社的都是錯字連篇的業餘作品，或是藉小說展示自己荒誕的個人哲學，又或是類似《桓檀古記》的那種野史，甚至是拼湊特定宗教教義而成的怪異作品，各個方面都讓人感到遺憾。

以前，眞誠與沉重感是韓國文壇的趨勢，出版市場的世界趨勢則是敘事很強的大眾小說，而韓國似乎把追求深厚文學性的作品放在首位。難道是因此而背離了時代潮流嗎？日本與英美小說掌握了市場，韓國本地的小說只有幾位人氣作家的作品是熱銷的。

這件事給了我很大的教訓。仔細想想，我也是韓國文學系的學生，雖然不到入選新春文藝獎的程度，但也練習寫過小說。該怎麼說呢？大學時期我也覺得寫小說是一件非常困難的事，我想寫有趣的故事，卻又不斷被開導說，韓國文學不能只是寫得有趣。

電影則能以更受歡迎的方式講述有趣的故事，也許是因爲這種想法上的差異，後來我迷上了電影，以電影劇本編劇的身分踏入社會。但我當上出版社的小說組組長之後才學到，在全球市場上交易的熱門小說大多是故事性很強的大眾小說，包括《哈利波特》與《達文西密碼》，當時大量湧進韓國、深受讀者喜愛的日本小說大多也忠於大眾的喜好，最近幾年在韓國流行的北歐小說也源於同樣的脈絡。

美國的出版編輯兼故事顧問麗莎．克隆曾說過：

「故事總是能勝過優美的文字。我並不是要指責寫得很好的文章，我也和別人一樣喜歡寫得很美的句子，但我們不能混淆，學習『寫得好的方法』和學習『寫故事的方法』並不是同義詞。寫得好是次要問題，如果讀者不想知道接下來會發生什麼事，那寫得好又有什麼意義呢？」❸這段話提醒了我，小說的核心是「往前進的故事」，這對之後成長為小說家的我來說，是很重要的領悟。

二〇〇六年是日本小說的全盛時代，常有人開玩笑說，如果你寫的長篇小說在作者欄掛上日本人的名字，那就肯定會成功。有宮部美幸的社會派懸疑小說、東野圭吾多變的推理小說、奧田英朗現實爆笑的幽默小說、江國香織細膩的心理描寫小說，以及被稱

---

❸出自麗莎．克隆，《大小說家如何唬了你？一句話就拐走大腦的情節製作術》。

爲「伊坂世界」，展現伊坂幸太郎獨特世界的小說等。韓國讀者爲這些小說而瘋狂，而韓國影像製作公司則熱衷於購買這些作品的版權。

看到這種現象，我確信市場上一定對大眾化、故事性強的小說有需求，也找得到韓國國內的讀者，於是這就成了我決定寫小說的契機。大學時我放棄了只有擠出文學性才能獲選的新春文藝獎，成爲小說編輯；看見市場後，我才鼓起勇氣重新寫小說。我學過著重於說故事的電影劇本，而小說也需要說故事，我覺得可以挑戰看看。與其寫深奧的小說，我決心寫故事有趣的小說，這就是我在黃梅出版社擔任小說組組長的收穫，最終它引導我成爲了小說家。

大學新生椎名剛搬來的第一天，第一次見到鄰居河崎，河崎就對她提了可疑的提議，他說搶劫書店的目標只是一本字典。為了偷一本字典，真的要執行這種荒唐的計畫嗎？但她不知不覺地捲入其中，回過神來，她的手裡已經握著一把玩具槍，守著書店後門了。

搶完書店後，陸續發生了神奇的事件。椎名房間突然出現小偷貓，牠的尾巴上綁著一張彩券，而且幾本書也消失得神不知鬼不覺。然後偶然碰見寵物店老闆麗子時，她說了耐人尋味的一句話，這才導出了兩年前哀傷事件的真相。平凡的大學生椎名與謎樣鄰居河崎的荒唐日子，以及最後一刻才揭曉的令人惋惜且揪心的真相究竟為何？

河崎聽著巴布・狄倫的歌曲，今天也在等待某人，而椎名則是唱著巴布・狄倫的歌曲，捲入事件中。現在兩人相遇了，漫長的故事開始了。

這是《家鴨與野鴨的投幣式置物櫃》的書籍介紹。這是我最喜歡的一本伊坂幸太郎小說，雖然我很努力想買到版權，卻遲遲沒有獲得日方同意，直到我在二〇〇七年一月離職後，才經由我的接任者得知正式授權的消息。

「前輩，我們拿到《家鴨與野鴨的投幣式置物櫃》的版權了！你寫作寫得還好嗎？」

當時我的全職作家生活正開始，在意識到這條路並不好走的時候，剛好聽到這個消息。我當編輯時熱愛的書已確定拿到版權，心頭湧上不小的感動。幾個月後，韓文版的《家鴨與野鴨的投幣式置物櫃》寄來我的工作室，我一口氣讀完，餘韻難以消散。但是最後一頁不就公告了嗎？

「No animal was harmed in the making of this novel.（寫這部小說時，沒有任何動物受到傷害。）」

因爲小說的主題與動物虐待有關，所以巧妙地特別寫下這句話，就像是一部出現了虐待動物場景的電影一樣。我們都知道電影是視覺媒體，有很多容易被誤會的空間，因此如果與動物虐待有關就要發這種公告說明。不過這是一部小說耶？難道小說家會為了取材而實際虐待動物後再加以描寫嗎？實在是荒謬至極的話。儘管如此，作者還是裝模作樣地留下了一句和電影一樣的公告。這不就是作者的機智以及他想強調的事嗎？

就是這樣我才喜歡他。而且，如此機智的態度讓伊坂幸太郎的故事別具特色。在我以全職作家身分掙扎奮鬥的時候，看到書末的「公告」，竟能再次笑出來，還可以回味我當編輯的幸福時光。

不過，我的笑聲並沒有延續，因為在「習作地獄」結束後，「全職作家生存記」即將展開。

第三章

愚昧無知的全職作家生存記

寫作本來就是孤獨的監禁生活，

如果無法好好寫，

那就沒必要開始。

——威爾．塞爾夫（小說家）＊

＊出自芭芭拉．阿伯克隆比，《*A Year of Writing Dangerously: 365 Days of Inspiration & Encouragement*》。

找工作室

全職：名詞。專心致志地做一份工作或職業。或指某件工作或職業。

二〇〇六年十二月，我決定轉職，既是轉換職業，也是決定專心致志地做好一份工作。如果在全職的後面加上「作家」一詞就很容易理解了，我決定當全職作家。我決定重新專注在作家的工作上，成爲只靠寫作維生的全職作家。

雖然我很優柔寡斷，連喝酒挑下酒菜都有困難，但我算是很會做重要決定。以電影編劇的身分步入社會，然後再吃出版這一行飯，成爲工作穩定的上班族。但我想寫的故事一直在腦中打轉，這股欲望如滾雪球般漸漸累積。好比消化完的食物無法排出體外就會肚子痛，想寫的故事堆積在腦中，如果沒將它產出，好像連身體都會生病。

這是人生中的重要時刻。在出版社工作第四年了，我擔任小說組組長，也得到公司的認可。不知不覺已經三十二歲了，是時候該決定繼續走向穩定生活或接下新挑戰了。當然，在出版社工作的同時，我也能靠自己平息想寫作的渴望吧？我正在這麼做。我趁下班後與週末的時間寫劇本，已經寫了超過一年。但劇本要寫出成績並不容易，因此我想全心投入寫作，只是這樣就會失去目前還不錯的職業與安全感。但是我怎麼能離職呢？我怎麼能夠全職寫作呢？

我決定把眼光放遠。現在雖然沒問題，但我認爲編輯工作就算做很久，到了四十歲左右也差不多了。過了四十歲就要自己開出版社，可是我討厭管理事務或領導別人。那四十歲時當全職作家怎麼樣？四十歲能寫出來的文字與現在的不同，最重要的是我想把所有的精力都投入寫作，就算只提早一年也好。我認爲年輕時努力寫作，四十歲前成爲全職作家的話，之後生命的經驗就會自然替我寫作。隨著年齡增長，人會有所學習，寫作也會變得更加容易，我覺得與其晚點開始，不如盡早成爲作家。而且我甚至想到作家這個職業也沒有屆齡退休的問題吧？作家只要認眞工作，就算年紀再大都能繼續創作。我眞的看得很長遠。

陷入苦惱後，我傳了簡訊給電影界的熟人：

——我想回電影界，你覺得怎樣？

——現在這裡是地獄，你就在出版社好好上班吧。

這是事實。我是在二〇〇一年踏入電影界，一九九九年《魚》、二〇〇〇年《共同警戒區JSA》、二〇〇一年《朋友》幾部電影接連大受歡迎，資金開始過剩，當時電影產業正受矚目，創投公司與大企業紛紛進軍電影市場。

從那時開始到二〇〇五年，韓國電影景氣很好，當時甚至有人會開玩笑說「連忠武路的狗都要入行當導演了」，就算是還沒準備好的導演或水準低的劇本，都有機會出道或被看見。不過創造出這些機會的投資者才沒那麼好騙，糟糕的電影拍完後就會出現赤字，資金便開始退潮。二〇〇六年底，原本態度散漫的電影界受到打擊，此後景氣蕭條了很長一段時間。

看到現實後，我不得不重新考慮轉行這件事。但不知爲何，我開始產生了無可救藥的自信心。情況越艱難，大家就越想找到好作品，那麼寫出更好的作品不就可以了嗎？我單純地這樣想（即使不該這樣）。最重要的是，我手邊有下班後在餐桌寫下的電影劇本，打算寫小說的意志力也很高昂。我可不要離職後一邊休息一邊悠悠哉哉地寫，我有馬上要寫的劇本，如果電影界的狀況不好，劇本賣不出去的話寫小說就行了。當時我的判斷是，如果劇本和小說我都能寫，至少不會餓死。

我下定決心，並在那年年底向主編與鄭社長表明了想要離職。他們雖然先是慰留我，但又馬上表示尊重我的想法。而且讓我驚訝的是，社長表示將提供我每月一百五十萬韓元的離職金一年❶，要我不必擔心錢的問題，只要專心寫作。其實我應得的離職金沒有那麼多，但她把我剛進公司兼職時期的時間都算了進去。我嚇了一跳，因爲當時出版業也不景氣，並沒有因爲我們是黃梅出版社就比較寬裕。我在心裡默默掉淚，因爲社長的好意，我非得努力寫才行。

二〇〇七年一月，我和接任者交接工作，二月的第一天，全職作家的生涯就正式展開了。不是只有全職作家這件事，當時我還搬離父母在麻浦的家，並在東仁川找到房子獨立生活。那年冬天，三十三歲的我終於搬離父母家獨立，在工作方面也獨立了。全職作家這件事在我心中的分量，強過了當時冬日的寒氣，這份熱情把陌生的鄰里變得像是我長久以來的祕密基地一樣。

在東仁川找房子也是偶然。當時我的存款約三千萬韓元，我對工作室兼住家的條件是一定要有兩間房，但是用三千萬韓元很難在首爾找到這種全租房❷。雖然我也想過乾脆搬離首都圈，但如果想寫劇本就要在首爾周邊生活，往返電影公司。所以我得出的結論是，在地鐵一號線終點站的城市找便宜又不錯的地方。當時在仁川土生土長的出版社企畫金宅圭老師（他也是韓國國內最好的中文翻譯家）聽說了我的煩惱，於是向我推薦了東仁川，他親自帶我逛了東仁川、自由公園、中國城一帶，介紹附近環境。

東仁川在他年輕時曾是仁川的中心，但當仁川的市區轉移到九月洞、富平、松島，這裡的時間就逐漸暫停了，也許正因如此，才讓人感受到這一區的某種韻味與浪漫。作爲開放港口的東仁川處處都是歷史痕跡，中國城和自由公園也很適合散步。最重要的是，從東仁川搭地鐵快線只要三十分鐘就能抵達新道林，所以離首爾也不遠。

對作家來說，工作室是什麼呢？我想說，工作室幾乎可以算是一切。在不太窄也不太寬的一人空間裡，有一張能舒舒服服打開筆電的桌子，還有一張剛好能支撐我身體的椅子。在那裡我能感受到安全感，安靜地寫作（或是一邊播放我工作時喜歡聽的歌），彷彿變成了太空人，坐在準備發射的火箭上一樣。爲了遙遠的飛行，工作室是我最低的生存條件，也是最強的發動引擎。

幾天後我簽下了在自由公園以南，位於松月洞的住宅，押金一千韓元，月租十萬韓元，有兩間房間。這是我的第一個獨立空間，也是我的第一間工作室。我就像獨立軍一樣悲壯地搬家，下定決心一定要在合約期限的兩年內成爲穩定的全職作家，並定下目

---

❶ 譯註：在韓國自願離職有離職金可以領，能保障勞工找工作期間的生活。

❷ 譯註：全租房是韓國特有的租屋方式，租屋者給房東一筆押金，金額通常是房屋價值的三〇到八〇％，居住期間除了水電等費用，無需再支付任何租金，租約到期時，房東將押金全數退還租屋者。

標，要用賣作品賺來的錢在首爾找到一間像樣的工作室。

要有兩個房間的理由很簡單，早上在臥室起床後，穿著運動服出門去自由公園散步後回家，洗漱、吃飯，脫掉運動服，穿戴整齊，然後再去隔壁的工作室上班。空間雖小，但我覺得應該把生活和工作分開，因爲我要長期從事這項工作，想要當一位全職作家好好地寫作，所以我努力在生活和寫作間尋找屬於自己的節奏。但我回頭才發現，寫作就是生活，全職作家生活的一切都與寫作息息相關，而且全職作家無法擺脫這一切。

榮獲二〇一三年奧斯卡最佳影片獎的《亞果出任務》，電影裡的製片人角色對班・艾佛列克說：

「電影工作就像採礦一樣，回家後怎麼洗都洗不掉煤灰。」

我認爲這就是創作類工作的本質，創作就是與生活密不可分的整個人生。這是創作者的生活，也是藝術家的宿命。我在東仁川以全職作家的身分寫作，開始重新認識創作人生的本質，栽了不少跟斗，摔得人仰馬翻，不斷失敗、一直跌跤。但我已決心要轉行，離開出版社後的二〇〇七年，我得到獨居的住所與工作室，那年年初的冬天並不冷，因爲有個引擎正在重新啟動我的生活。

而且我有兩部劇本，還有伴隨著劇本的兩位特別的人。

合夥人

他要大家叫他「Magic」，在大學新生歡迎會上一看到他，我就一直想脫口說「他是三修生」❸。他帶著重考過兩次的氣息說自己喜歡籃球，要大家用NBA傳奇選手的名字稱呼他。在韓文系，前輩們都把反美遊行的口號「美國佬滾回家」掛在嘴邊，而他卻在學長姐面前要求大家用英文名字稱呼自己，這傢伙的霸氣眞值得讚許。後來我才發現，如此引人注目的人根本不是三修生，他的生日甚至比我晚四個月。反正光靠對他的第一印象，我覺得自己應該不會和他太熟。

我在校內的電影社團再次遇到他，同系又同社團，躲也躲不掉。原本以爲我不會跟

❸譯註：韓國的三修生指的是二度重考生，一共參加了三次大學入學考試。

他變熟，但不知不覺就親近起來。他是好萊塢電影和香港黑幫電影的狂粉，我以前也是熱愛好萊塢的孩子，所以我們非常合拍。電影是我們兩人的共鳴領域，而酒精則讓我們更加親近，我們同時休學去當兵，又同時退伍。

退伍後等著復學的日子，我跟志同道合的 Magic 打算一起幹點什麼事。當時是一九九七年的夏天，我們一起應徵了電影《七恐怖分子》的導演組，面試後雙雙落榜。然後我們又在另一位朋友的牽線下，獲得寫情景喜劇《眞正的男人》劇本的機會，結果寫的初稿馬上被退。受挫之下，我提議組成雙人團體「Juice」來模仿嘻哈雙人團體「Deux」參加諧星的試鏡，這次我是被 Magic 拒絕。回想起來，他的拒絕是明智的，不過拒絕我們的兩部作品最終也都沒能完成。

我們沒找到什麼樂子，於是放棄合夥工作，各自打工後就復學了。在學校上了一年的課，我們又在同個時期休學，他去了美洲，我去了歐洲，開始了漫長的旅行。一年後我們又一起復學，我們是系上年紀最大的人，願意跟我們玩的學弟妹並不多，所以我們倆又混在一起了，身邊的人都說我們是死黨。

二〇〇一年即將畢業時，Magic 在體育媒體公司就職，成爲節目製作人。當時他即將結婚，需要一份穩定的工作，而我則還有機會做夢。我進入電影公司寫劇本，他則以體育媒體公司的節目製作人身分拍攝、編輯棒球比賽，並成爲有婦之夫。二〇〇三年我進出版社的時候，Magic突然辭職，他說要挑戰當電影導演。他的老婆平時爲人大度，有「宋司令官」的稱號，她欣然支持丈夫追夢。Magic得到老婆的允許，想努力投身電影工作，於是我問他：

「想當電影導演就要有自己的劇本，你現在有東西嗎？」

「我熟知的就是棒球和電影啊，所以我有想過。」

「想過什麼？」

「棒球教練變成電影導演的故事。」

「棒球教練變成電影導演……是滿有趣的。」

「是嗎？還可以嗎？」

「但寫劇本可不是鬧著玩的，你懂吧？」

「我知道啊，你也可以幫我。」

「棒球教練成爲電影導演的劇本？要我幫忙嗎？」

「你OK的話最好。」

事情就是如此。我認爲棒球教練成爲電影導演的這句劇情綱要❹有鉤引點❺，也是我喜歡的故事，只是我承認它在商業上不是很有力的素材。不過，當時我想給朋友重新拍電影的力量，更不想被埋沒在出版社的生活中，我想一起寫劇本，不想放棄寫作。

最重要的是，沒有任何事比和朋友一起做自己喜歡的事情更開心了，於是我們就這樣第三度嘗試合夥。

曾七次奪下韓國職棒冠軍的名將白大日教練，在第七次的奪冠記者會上表示將辭去棒球教練的職務退休，並宣布自己將成為一位電影導演。棒球界亂成一片，而電影界卻嗤之以鼻。但白大日教練非常認真，為了成為電影導演，他從基層開始磨練。儘管歷經各種辛苦，他還是逐漸展現出特有的常勝軍氣質，在電影界突破重圍。他真的能當上電影導演嗎？而且他到底為何要成為電影導演呢？

以這樣的故事大綱爲基礎，Magic 一邊兼職工作一邊寫作，花了很長的時間才完成初稿。收到他的初稿後，我一邊在出版社上班，一邊重整故事。兩人都同時有其他工作並行，劇本創作必須耗費很長的時間。

二〇〇七年成爲全職作家後，我也全力專注於這部作品，並於當年年底完稿，作品名稱是《知名教練白大日》。先不談完成度，光是一起寫完劇本，就讓我和 Magic 感受到莫大的鼓舞。他忍受著我這位劇本寫作前輩的嘮叨，默默地創作，而我則保留他初稿的優點，用心修改細節。十五年前我們因大學同系、同社團而相識，如今有了共同創作的長篇劇本，長期夢想成爲電影人的電影愛好者，終於一起成就了一些事。

然而，現實並不樂觀。我們透過電影界所有的人脈和管道，把作品傳了一圈給其他人看，但得到的意見清一色都是負面的。他們說商業性弱，在電影界體育相關作品行不通，而拍電影的這類劇情也不行，劇本太幼稚了等等。我心想既然如此，那就再修改一下，升級後再推出。但當時我參與的其他作品也遭受挫折，內心破了個大洞。

Magic 提議將作品上傳到俗稱「劇本市場」的電影振興委員會的劇本中心，於是我們上傳了作品。在陳列著數百部劇本的地方，我們的作品孤零零地被放在那，就像把孩子丟在河邊一樣讓人擔心。幸好不久後《知名教練白大日》獲選爲劇本市場季度推薦作品，作品得到認可，讓我們很感動，也有了成就感。

二〇〇八年底，在電影振興委員會主辦的劇本提案❻活動「I Love Project」中，我

---

❹ 劇情綱要（Logline）是指介紹電影劇情的一句「有趣」的話。如果劇情綱要不夠明確，就無法成就一部優秀的商業電影，這點是真的。想知道自己的故事是否能成為一部值得讓人在電影院觀賞兩小時的電影，只要用一句話概括介紹電影，並判斷這句話是否有趣即可。

❺ 鉤引點（Hook）字面的意思是「魚鉤」。在電影企畫中指的是能吸引投資者與觀眾的強烈要素。

們提交了《知名教練白大日》的劇本。那是活動的第一屆，也有現任編劇來參與，所以很多電影製作公司都參加了。Magic播放了他親手編輯的影片，熟練地提案簡報，他的簡報簡直就是「Magic」。

提案後我們和兩家電影公司洽談，Myung Films和Sidus Pictures都是我想先談談看的公司。我們和負責人開完會後，決定把劇本寄給他們，然後就離開會場前往酒吧。那晚酒很甜、夜很美，接著不久後我們就接到兩家公司都退回劇本的通知。於是酒變苦了，殘忍的夜晚就這樣繼續下去。

後來《知名教練白大日》的劇本與某家電影公司簽約，重新全面修改，最終完成了選角稿❼。雖然選角稿傳閱了下去，但反應卻不怎麼樣，計畫就這樣告吹了。幸好我和Magic撐過難關，沒有因此疏遠，我們是朋友也是合夥人，還共享了電影以外的人生。

合作作品不順利時，共同編劇之間會產生無數的問題，先不談不相信對方的寫作實力這點，如果彼此連人格都無法信任的話，關係就會疏遠或走向破滅。共同編劇與一般的合夥情況相似，卻又存在微妙的不同。若想成爲共同編劇，在工作時互相彌補寫作的缺點就非常重要了，而且幽默感、喜好、風格、政治傾向等都要相似，要在同樣的地方爆笑出聲，看世界的角度也要相近，加上要長時間一起工作，生活習慣相似更是有利。總而言之，一起工作眞的非常辛苦，要麼就是遇到最佳拍檔，要麼就是爲目前的搭檔竭盡全力，如果沒這種自信，就要自己獨立創作才能降低風險。我和 Magic 在共同編劇之前就已經是老朋友，因此即使經歷辛苦的創作過程，在接連遭受拒絕的挫折中，我們還是能相互鼓勵，很少吵架。

帶著遺憾告別了《知名教練白大日》之後，除了寫劇本之外沒事可做的我仍然一直在寫劇本，但 Magic 卻表示他要放棄電影工作，打算進軍他平時就感興趣的餐飲業。他說要開店賺錢，然後用賺來的錢拍獨立電影，因爲與其等待別人投資，不如自己親手賺錢，用自己的錢拍電影。他還說，如果沒人願意發行他的電影，他就會上傳到YouTube。我眞心覺得這個想法超帥的，但是朋友，首先你的店要成功才行……

他翻閱原文書研究美式 BBQ 和手作漢堡，不久就在弘大開了一家手作漢堡店，雖然他的食物好吃到連外國人都聞風而來，但收益並不太理想。於是他把店面改成啤酒

---

❻ 劇本提案的「Pitching」一詞在棒球比賽中是指投手「投」球給打者的動作，也可用於形容編劇把創意的想法「投」給製作人。意思就是，編劇為了編制、招商引資、共同製作、預售等目的，公開介紹還在企畫開發階段的作品給製作公司、投資公司與買家參考。

❼ 選角稿的意思是「供演員選角使用的劇本原稿」，從初稿開始經過多次修改後完成。

屋，這次是研究了手工精釀啤酒，一邊學習，過了不久又（不知不覺地）成了那個圈子的名人。後來他在延南洞開了一家手工精釀啤酒屋，成爲那一帶的盟主。平時不管去哪裡吃什麼，他都會擺出一副虛張聲勢的模樣，展現出「這種程度的東西我也做得到」的信心，原來那都是眞的。也許他眞正的 magic 就在餐飲界。

二〇一五年的冬天，他打電話給我說，現在柳承完導演和朴贊郁導演在他的啤酒屋裡，我開玩笑說要把劇本打包帶過去。過了一會兒，他又打電話來說奉俊昊導演和一個塊頭高大的人加入了他們。當他說了塊頭高大的人應該是林弼成導演後，我開始認眞苦惱是否應該馬上執行這個玩笑話。最後我還是沒有去，只是聽說了那一攤是柳承完導演請客。我對朋友說：

「做電影工作時見上一面都很難的人，現在開了啤酒屋是直接見到一整群，你眞的成功了。」

他苦笑了一下。

我朋友現在是一位企業家，擁有名爲「Brew One」的自家啤酒釀造廠。雖然還沒賺到能拍獨立電影的資金，但是身爲韓國精釀啤酒界的名人，他過著充實的人生，是擔負著許多員工生計的老闆。而且，當身爲全職作家的我在生存的十字路口受苦時，他成了我的恩人，給我機會到他店裡打工。雖然不知道我和 Magic 的合作何時能再次實現，但我們因爲電影而變得親近，還一起從事電影工作，我不會放棄再次一起拍電影的夢想。對我來說，他是有如魔術（magic）般的朋友。

商業電影的力量

巨人回來了。劇死派的巨人賢政哥在二〇〇六年的夏天跟我聯絡，雖然我們在「間諜組」時期曾經是同甘共苦的關係，但自從我離開公司後確實很少見到面。當時賢政哥執導了《諜變任務》並在準備下一部作品，我則是在適應出版社的生活，只有偶爾會互相問候。賢政哥久違地來到出版社所在的弘大玩，我們邊喝啤酒邊聊著積攢許久的話題。雖然他以新人導演的身分孤軍奮戰，帶給觀眾《諜變任務》這部備受期待的作品，但票房並不理想。賢政哥說他在咬牙努力構思新作的過程中想到了我，而我則被賢政哥講的作品故事迷住了，我們意氣相投。

吸引人的故事並不是我決定要擔任共同編劇的唯一理由。一起工作時，巨人對我而言是位導師，是他讓我領悟到好萊塢商業電影劇情與結構的重要性。他經常舉《魔鬼終結者2》為例，向我說明三幕式結構和主要情節點，以及商業電影劇本應該具備的要素。

三幕式結構是亞里斯多德《詩學》中提到的「故事的主幹」，粗略地說就是將故事分爲開始、中間、結尾三幕，當然故事有開始、有結束，之中又有中間。這聽起來是顯而易見的事實，但實際上重要的是如何分出那三幕。

有好萊塢劇本導師之稱的希德．菲爾德，在《實用電影編劇技巧》中強調的三幕式結構，也是在說明故事中第一幕的結尾、第二幕的結尾、第二幕的中間點分別在哪裡，以及其作用爲何。只有在故事中正確指出這些節點的位置並讓它發揮作用，才能創造出結構堅固的故事。劇本的結構就像綁曬衣繩一樣，只有把需要安裝支架的各章結尾都找出來，才能讓故事變飽滿。賢政哥是第一個教我商業電影的情節與結構的人，他告訴我應該設定每一幕的作用與支撐點，以及中間點的切換與反轉等等。

此外，也是他引導我做出哥白尼式的思維轉變。之前我莫名地認爲藝術電影優於商業電影，製作難度也比較高，但某天巨人卻對我說，具體實現好萊塢商業電影結構和劇情的老傳統，就跟拍藝術電影同等困難。這也代表把電影當作藝術來學習的人若把商業電影想得太簡單，就會碰得一鼻子灰。

實際上就是如此，商業電影要讓更多的觀眾更容易理解，在引起共鳴的交集上要投入巨大的工程與技術。觀眾即使沒有太多的努力，也能輕易理解商業電影並產生共鳴，因此商業電影可能會看起來很容易，但對製作方而言卻恰恰相反。舉例來說，如果將欣賞藝術電影的觀眾比喻成拿著湯匙的人，他們爲了品嚐電影的意義與藝術性而主動拿著湯匙挖，那觀看商業電影的觀眾就是想盡情享受電影所帶來的娛樂卻一動也不動的人。那誰來拿湯匙呢？是製作商業電影的人。他們拿起湯匙，在觀眾不知情的情況下把東西餵出去。

巨人的忠告點燃了我想挑戰商業電影的火種，因此我把好萊塢式的劇情與結構的技術當成教科書般努力學習，不再只將劇本視爲有趣的故事，而是精細的設計圖。和這樣的人再次合作寫作是個精進的機會，也是一種學習。只是那時他沒有所屬的電影公司，我也還沒辭去出版社的工作，因此我們達成協議，互相提供一半的勞力來寫作，然後開啓了這項計畫。不久後，他整理好的草稿到了，我就在草稿加上意見再寄回給他。來回修改了幾次故事大綱後，我們就準備好將把這部作品正式寫成劇本。二〇〇六年底，成爲全職作家的我手中的第二張牌就是這部作品（第一張牌是和 Magic 一起寫的《知名教練白大日》）。

在十七世紀後期的朝鮮，某位新娘和家族一行人正遠行前往南道的吉慈島。有戶有權勢的家庭蟄伏在吉慈島的道正書院，而新娘這趟旅途就是為了要與那家兒子政治聯姻，新娘的堂姊汝真為了照顧新娘而與她同行。汝真是丙子胡亂被帶到清國後又回來的還鄉女，一個不因苦難與現實而喪失意志的女人。時英則是負責保護新娘家一行人的護衛武士，雖然武藝出色，卻是一個對世間萬物都漠不關心的浪子。時英的父親是衛正斥邪派的人，在丙子胡亂時自盡，時英認為與其因大義或聖旨自殺，不如像狗一樣苟活著。

艱苦的旅程中，他們來到南道的海邊，卻遭船家拒絕載送入島而陷入不知所措。瘟疫肆虐與倭寇猖獗的各種傳聞，使得要載送他們的船家猶豫不決。經過幾番周折，一行人加了錢才找到願意載他們入島的船。然而當時西洋吸血鬼的船隻遇難漂流到朝鮮，吉慈島早已成了吸血鬼的巢穴，新娘、汝真與時英能在陌生的怪物島上存活嗎？與新娘同行的部分人士擁有不可告人的目的，他們到底是誰？藏在吉慈島的聖旨痕跡又是什麼？充滿鮮血的島上，他們展開了一場生死搏鬥。

這是《朝鮮吸血殘酷史》的故事概要。我在二〇〇六年開始和巨人一起著手進行這個案子，在我二〇〇七年成爲全職作家後，作品就有具體進展，並在二〇〇七年底完成初稿。二〇〇八年，我持續和他交換劇本修改，經過多次修改後完成了四稿。當時我和賢政哥小心翼翼地讓身邊的人傳閱這個劇本，卻沒有得到很好的回饋。大家的反應總是先稱讚作品很有趣、奇特，故事設定新穎，恐怖動作片的獨特性很突出等等，但他們最後還是會說製作起來並不容易。最重要的是，雖然故事設定是吸血鬼，但大家都一致否定動作片裡的殭屍風吉慈島怪物。問題的核心是：陌生的殭屍故事在韓國能否行得通？接著他們還指出了歷史劇的預算壓力、多重角色和因此而生的戲份問題。

我們已精疲力盡，在毫無協助的情況下，這個案子花了我們兩人三年多的時間，然而各種現實條件都在告訴我們，作品製作起來不容易。鬱悶了好一陣子，終於在二〇一〇年，CJ娛樂內容開發組表示對這個案子有興趣，組長曾說要一起開發這部作品，結果卻在簽約時被推遲，最終無法執行。二〇一三年某家電影公司又表示想簽下這部作品，但同樣因各種原因而告吹。

二〇一六年《屍速列車》大獲成功後，殭屍的敘事開始接二連三地出現在電視劇和電影中，從《屍落之城》《夜行書生》到《屍戰朝鮮》，不同於我們剛開始創作的時候，如今殭屍敘事比任何內容都受歡迎。在《屍速列車》上映後，我下定決心再來賣《朝鮮吸血殘酷史》。

不過，儘管電影公司比二〇〇八年多了很多，但他們都是拿我們的劇本與《屍落之城》做比較。然而我認爲除了以朝鮮爲時代背景，以及有來自西方的奇怪生物登場之外，這兩部作品是很不一樣的。可惜的是有些作品能遇到好機會與買主，拍成電影上映，但有些作品就是運氣不好，連拍攝和上映都辦不到。我認爲《朝鮮吸血殘酷史》是一部走在時代很前端的作品，因此沒辦法得到認可，而當它被人認可時，時機又太晚了。

儘管如此，《朝鮮吸血殘酷史》對我們兩人來說並不殘酷。這部作品體現了好萊塢劇本的寫作法，熱愛類型電影的賢政哥和我合作開發這部作品，花了很長的時間，我的寫作能力因此大幅成長，不僅提升了我看劇本的眼光，也提升了我看整體作品的眼光。縱使一分錢都沒拿到，能和我敬重的說書人金賢政導演一起合作眞的很幸福。我曾經在他家看了好多好萊塢電影和美劇，還會一起談論創作，這些回憶我應該忘不了吧？在不知道劇本賣不賣得出去、能不能簽約、會不會拍成電影的茫然狀況下，只因爲喜歡這個故事就一同投入其中，這種情況算是最後一次，卻也是唯一一次，而這個時期就這樣成了過去式。

開發這部作品的過程中，賢政哥曾帶來一本好萊塢劇本寫作法的原文書，書名是《*Screenwriting: The Sequence Approach*》。這本書講的不是一般的三幕劇劇本結構，而是用「八段落」❽寫作法來分析並開發劇本。書中整理出好萊塢無聲電影時期流傳下來的八段落概念，是一本學術性書籍，裡面同時也用八段落概念分析了《玩具總動員》

❽段落（Sequence）是從頭到尾描述特定情況的影片段落，幾場戲（scene）會組成一個段落。

和《魔戒》等好萊塢主流作品，可說是一本非常實用的書。賢政哥說他自己會翻譯這本書，邀請我用這個文本一起學習劇本寫作法。我想既然都翻譯好了，那就順便出版吧，於是我就提案給黃梅出版社。企畫案通過了，我當提案人，賢政哥當翻譯，於是我們就把這本寫作書引進韓國了。

韓文版的書名是《用段落分析劇本》❾，而我寫的主要宣傳文案是「三幕劇結構神話閃邊去！」。實在是很諷刺，我們一起寫的劇本沒能拍成電影，但因爲想學習寫好劇本而翻譯的書卻已經完成了。《用段落分析劇本》眞的很好用，我會這樣說並不是因爲這是我編輯的書，很多教育機構也用這本書當教材。

大家常問我關於巨人的事情。巨人就像住在喜馬拉雅山的雪怪一樣，很少在人前露面，他至今仍是以修道者的姿態，爲了屬於自己的傑作而孤軍奮戰。我會打電話給他，問他：「賢政哥，你在寫劇本吧？」他會說：「對啊，正在寫。」賢政哥到現在都還在寫劇本，而我也一直在寫。在青澀的時期，我們以職場前後輩的身分相識，一起工作、一起分享生活，他對我來說仍然是巨人，也是最熱愛好萊塢的孩子。

❾這本書曾經絕版，二手書市場上價格很昂貴。二〇二〇年九月由韓國的 Fandom Books 出版社再版。如果有編劇困在三幕劇中的第二幕裡掙扎的話，請務必一讀。

文友，世上的同道中人

「喂。」

「你好，最近還好嗎？我是徐眞。」

「嗯？」

「之前因爲一頁短篇小說的計畫和《心之汽車旅館》，曾跟你碰過面。」

「啊！徐眞作家，你好嗎？」

「我打電話到出版社，他們說你離職後自己在創作，我確認了你現在的聯絡方式，於是才打給你。」

「是，我應該在離職時跟你打聲招呼的，我現在自己在寫作。」

「原來如此，隔了這麼久打給你，是想要跟你打聲招呼，也順便跟你道謝，我拿到這次的韓民族文學獎了。」

以上是我簡單整理出二〇〇七年初夏徐眞君❿打給我的通話內容。如果在徐眞君的臺詞中加一點釜山口音的話，讀起來會更對味。

那時是我當全職作家的第四個月，我陷入了無比的混亂。我正在輪流寫朋友Magic和巨人前輩的劇本，爲了賺錢還接下某家電影公司的劇本。當時我同時抓著三部作品，忙得暈頭轉向，但三個劇本都不太順利，問題越來越嚴重，讓我吃了很大的苦頭。也因爲如此，原本計畫要寫的小說連碰都沒碰。

而且隨著夏天的到來，我才發現家裡很容易受到炎熱與蚊蟲影響，對非常怕熱的我而言，必須解決工作室環境惡劣的本質問題。買冷氣要擔心冷氣錢和電費，去圖書館寫作有難以專心的問題，在家單靠電風扇又實在無法忍受炎熱。也就是說，我同時感受到工作室兼住處的侷限，以及我寫作的侷限。一言以蔽之，一切正在變調。

此時，接到徐眞君（只有徐眞適合用「君」這樣的稱呼，我不得不這樣稱呼他）的電話完全是個衝擊。一、好開心，他居然還記得我。二、但是他爲什麼要感謝我？

---

❿ 譯註：這裡的「君」表達的是在日文中的意思，主要加在男生名字後面稱呼對方，常用於稱呼男同學或男性同輩、晚輩。

三、眞的得到韓民族文學獎？我的天啊！四、回顧現實的時刻。五、掛掉電話後湧上心頭的羞愧。這種意識上的流動在掛掉電話後依舊持續。這通電話是徐眞君久違的問候，而他獲獎的消息也變成打在我肩上的竹板，我決定重新振作。你問我他打電話來我開不開心，當然啦，當然開心。他很感謝我，並表示多虧我建議他試試文學獎的徵文比賽，他才投稿參加韓民族文學獎。雖然他只是說了一句好話，但我眞的很感謝他對我說這些話，也很感謝他記得我，還邀請我去參加頒獎典禮。我說頒獎典禮我就不去了，而是想另外再見個面，因爲我是眞心想跟他見面。

第一次見到他是二〇〇五年我在漫畫組工作的時候。某天盧老師遞給我一本釜山在地文化雜誌《VOILA》，他要我關注一下這些人。《VOILA》同時在做一個名爲「一頁短篇小說」的計畫，盧老師要我和雜誌相關人員見個面，了解一下有沒有可以出版成書籍的內容。我聯絡了相關人員，《VOILA》的主編兼一頁短篇小說的負責人就來首爾的出版社找我，這個人就是徐眞君。

他在釜山大學理工學院研究所研究人工智慧，同時也寫小說和編輯雜誌，我對他的第一印象就是理工大學的模範生。然而他跟典型理工模範生不太一樣的是，明明就是模範生，但如果你仔細看他的筆記本，就會發現裡頭奇怪的塗鴉和古怪的文句比筆記還多，乍看之下是個機靈的藍色小精靈，聊著聊著卻又像話多的大嬸。那天我們就去公司附近的咖啡廳肆意聊天，我們倆都是恰克．帕拉尼克⓫的粉絲，年齡相仿又喜歡同一位小說家，話匣子就打開了。

不久後我當上小說組組長，又再次見到他。當時我審了他自費出版的小說《心之汽車旅館》。這次是我去了釜山，和徐眞君以及他的女友，也是《VOILA》代表的姜善齊碰面。姜善齊是個極富魅力的厲害人物，我馬上就懷疑她是徐眞君的祕密親信。我們在《VOILA》辦公室附近的長箭洞一帶，聊了一些出版、雜誌、寫作與人生相關的話題，然後就敞開了心扉。我喜歡徐眞君的才華，比起一頁短篇小說的負責人徐眞，我更喜歡小說家徐眞。那次會面後，我決定要出版他的書，回到首爾就向公司正式提案出版《心之汽車旅館》。

然而，主編和鄭社長都退回了《心之汽車旅館》的提案，同時被兩個人拒絕之後，我失去了繼續進行的動力，只能懷著歉意轉達這個消息。徐眞君卻毫不介意地說要保持

⓫ 恰克．帕拉尼克是美國小說家，代表作《鬥陣俱樂部》榮獲多個獎項，還被拍成電影，由布萊德．彼特與艾德華．諾頓等人演出。

聯絡，我以爲他會難過，也可能不會再跟我聯絡，但不知怎麼搞的，之後徐眞君和善齊如果有來首爾，就一定會來出版社玩。原來他們不是講假話的人啊，我覺得他們人眞的很好。有一次徐眞君有事，自己一個人來首爾，當天他和我還有盧老師喝完酒，在出版社地下値班室睡了一晚才走。他說我建議他參加徵文比賽，應該就是那個時候吧。因爲他是理工大學畢業的，所以不太了解小說家出道的管道，我才建議他與其投稿，不如準備參加長篇徵文比賽，只有在徵文比賽中獲獎，才能被認可爲小說家。也許他就是記住了這句話，之後寫小說才以韓民族文學獎爲目標。

既然如此，我們相處起來應該會毫不見外才對，然而我跟徐眞君總是只習慣用敬語跟人說話，聊天時還是互相尊稱。離職後，我因爲轉職與獨立生活而忙得不可開交，就忘了跟他聯絡。後來是他先找我，還捎來了獲得韓民族文學獎的驚人消息（獲獎作品是《歡迎來到地下》）。嗯，人生就是如此，我以編輯身分給過這位想當小說家的人建議，而他也眞的成爲了小說家。後來我想成爲小說家，便聽取他以小說家身分給我的建議。即便如此，我們也絲毫沒有嫉妒與心結，可能是因爲他天生就很清新，而我也比較恬淡（嗯？）。

後來徐眞和善齊到東仁川找我玩，接著我又去了釜山，最後我們成爲至親好友的關係，交談不再用敬語，還開始策畫一些有趣的事。我成為《VOILA》的特約外稿作者，還以文字作家身分參與了善齊策畫的美術展。在第一年當全職作家的艱苦歲月裡，他的來電和後來的友誼帶給我很大的力量和安慰。

我們繼續分享著作品、人生，還有瑣碎的雜事。我每年都會去徐眞君和善齊位在釜山的祕密基地，並和他們的貓咪小狗們一起玩耍，還在廣安里一起喝啤酒，這是我的「眞療癒」行程。他們倆也是如此，若有事來首爾，就會在我的住處住上一晚，處理完在首爾的事情後，我們就會一起睡到很晚再起床去解酒。徐眞君迅速進化成小說家，我繼續走在無名作家的道路上。儘管如此，他們卻從來不曾擔心或懷疑過我的才能；讀完我不夠好的小說初稿，他們成熟地幫我評估並鼓勵我。我最後終於能成為小說家，他們有著關鍵的影響。

我和徐眞君之間不斷發生有趣的好事，原本我打算出版的他的小說《心之汽車旅館》，後來在二〇一一年由 Wisdom House 出版社，以《心碎飯店》的書名升級後出版（「汽車旅館」改成「飯店」，這肯定是升級版）。另外，因為徐眞君向購買小說版權的電影公司推薦我當編劇，我以《心碎飯店》中的短篇故事〈第二次蜜月〉為本，寫了電影《射日》的劇本。而且我還透過徐眞的關係認識了編輯《心碎飯店》的 Wisdom House 分社長韓秀美，之後還一起合作。這種情況拿經濟學用語來說明的話，應該要叫做「雙贏」嗎？還是要用理工科用語「協同效應」？不然就用黑道用語吧，我們是「兄弟」。

若說我的人生中有以詩文相交的文友，那麼徐眞君就很符合「文友」這個詞。我們相識時的身分是想當作家的人與編輯，之後又成了小說界的前後輩，是少數能隨時相互協助審查作品、給予評估的珍貴審稿人。我這位文友現在和另一位朋友善齊一起住在濟州島的表善面，正在寫童話和青少年小說。當我在大都市裡過久了疲累且無精打采的日子，有時就會突然想從金浦出發前往他的島。

這本書出版後，我想去他那裡旅行。釜山大叔徐眞君在害羞少年的微笑之下，有著多話大嬸的性格，我想和這樣的他一起去旅行，去賣這本書，一起把寫作的艱辛和特殊的緣分混進酒杯裡喝下肚。

在寫作的末路闔上筆電

二〇〇七年我辭職離開首爾，在東仁川找到了自己的家（兼工作室），位於松月洞的兩房住宅，押金加上月租是「一千加十」⑫。在那裡我學到獨立生活與獨立工作。每當寫不出來，需要構思故事的時候，我就會走在自由公園和中國城裡，在烤馬加魚的巷子裡喝醉，隔日早上再煩惱該用花平洞冷麵、振興閣辣海鮮湯麵，還是本家烏龍麵來解酒。我一邊在花島鎮圖書館找小說讀，一邊投個稿，天氣變冷了就去舊貨街買復古夾克來穿（應該比較像是二手的）。

⑫譯註：意即押金一千萬韓元，月租十萬韓元。

住在濟物浦的公司後輩來找我，我們就會去愛館劇場看五千韓元的早場電影，在新浦市場裡大白天喝酒配炸鰻魚。如果有人從首爾開車來，我們就會去沿岸碼頭吃涼拌鰮仔生魚片，並臭罵那些不如海鮮的傢伙們。好一段時間我都在邊玩邊寫作，窮到錢都花光了就去舊書店街賣二手書。我主要是賣小說，賣故事然後寫故事，就這樣過了兩年的時間。賣到沒書可賣的時候，不，應該是說賣到只剩下不想賣的書的時候，我就離開東仁川回來首爾了。

有時我非常想念那裡，想念我那練習寫作的曠野。

這是幾年前我在臉書上寫下的，關於「東仁川時期」的隨筆。正如文中所述，我的第一間工作室坐落於東仁川，而在東仁川的這兩年簡單來說就是個失敗期。《知名教練白大日》的劇本被多家電影公司退回，《朝鮮吸血殘酷史》也賣不出去，遲遲沒有進展，劇本就只停留在劇本階段。別人介紹的電影公司劇本工作雖然做了六個月，也完成了初稿，但我只收到六十多萬韓元的報酬。直到初稿完成前，簽約事宜都一拖再拖，他們只提到寫好的初稿有哪些不足，對於簽約一再拖延卻沒有任何道歉（所以無論如何都要先簽約再寫作，我在新人時期也常常這樣被欺負）。因此，這件工作也搞得一團糟。所有衝擊全都砸在我身上，二〇〇七年就這麼過完了，鄭社長贊助我的一年份離職金也全數花光了。

面臨生計困難，二〇〇八年開始我必須賺錢，有工作就做。有後輩在做《KBS期刊》的編輯工作，我幫他寫電視劇預告和演員的深入報導。後輩的電影公司負責舉辦線上徵文比賽，我不得不去兼差當主持人。我曾經在修改《成功移民美國的祕訣》這本書時，認眞考慮要不要移民去美國，還在寫海軍陸戰隊兜率山戰鬥紀念活動的劇本時，被海軍陸戰隊的精神鼓舞。另外，透過出版社人脈收到的修改、校閱外包工作，我也是來多少都全盤接下。

結果，當全職作家時準備的三張牌（《知名教練白大日》《朝鮮吸血殘酷史》、小說計畫），有兩張變得難以指望，而最後一張牌根本連碰都還沒碰到，我就被迫開始了「賣文」的生活。雖然我想盡辦法想賣掉兩部劇本，得到的教訓卻是，賣劇本跟寫劇本一樣累。以小說《香水》聞名的德國作家徐四金也曾是一名編劇，他當編劇時期寫過一篇名爲〈朋友啊，電影就是戰爭〉的隨筆，有段內容是這樣的：

「未能迅速變身成爲電影的劇本就像噁心的毛毛蟲，頂多只能成爲少數昆蟲學家欣賞的對象而已。」⓭

如此悽慘的描述，只有實際經歷過的人才講得出來。分不清是蝴蝶還是飛蛾的兩隻幼蟲在我的筆電上蠕動著，當時我只要看到牠們就會不由自主地嘆息。

我無比茫然，世界看起來一片灰濛濛的，東仁川原本是個充滿韻味且適合寫作的幽靜之城，如今我卻覺得它是陰暗落後且令人洩氣的地方。我獨自飲酒的時間漸增（會來東仁川找我的朋友不多，這也是理所當然的），後悔一腳踢開公司選擇當全職作家的想法經常出現。由於外包工作老是延遲匯款，每次信用卡結帳日我都會焦急萬分，向熟人借個五萬、十萬韓元的月份開始越來越多。

我聯絡了劇死派的另一位前輩編劇白承宰，承宰哥當時正在韓民族文化中心教劇本，和多家電影公司建立起多方關係，於是我硬著頭皮拜託他幫忙找份工作。承宰哥介紹了CJ娛樂內容開發組的人給我，當時CJ娛樂已經坐穩韓國電影界盟主的寶座，承宰哥推薦我去當內容開發組第一期的劇本開發編劇。我鬆了一口氣，只要能和大企業CJ娛樂合作，所有苦難似乎都會煙消雲散。我寄了作品集過去，不久後就和內容開發組開了會。

劇本開發編劇每月會收到一次內容開發組提出的案子（一頁到兩頁左右的劇情概要和劇情），將這些內容寫成五頁左右的故事大綱後寄出，就能收到稿費。如果故事大綱通過的話，就有機會負責寫劇本論述和劇本。這種將劇本開發工作分工的方法讓機會增加了，我認爲如果一切進展順利，這個制度能讓作家與作品一同成長，因此我很樂意以編劇身分加入。

之後每一、兩個月，我就像接收指令，案子來了就把它開發成故事大綱寄出。儘管稿費不高，但只要稿件一寄出隔天馬上就會入帳，這對我相當重要。而最重要的是，和ＣＪ娛樂合作的心動感覺讓我一直期待著工作。不過工作量實在太少了，除了我以外還有很多位編劇在開發劇本，也許是我的創作成果讓他們猶豫不決吧。如果能夠直接一桿進洞，像開上高速公路一樣，故事大綱直接通過審核，發展成劇本論述和劇本，並進入電影拍攝階段就好了，但這並不容易。我再次感受到自己能力有限。

雖然我很感謝承宰哥牽線讓我得以和ＣＪ內容開發組合作，但這些最終都不足以解決我生活的困境。於是在情況達到極限時我就開始賣書，我意識到在我那小小的居所中，能被稱作財產的也只有書而已。

東仁川有條叫做船橋舊書街的傳統二手書店街，我早上散步時經常帶著三、四本

⓭ 出自徐四金，《*Rossini : oder die mörderische Frage, wer mit wem schlief*》。

書，去那裡換取我一天的伙食費。在出版社工作四年間別人送的或是自己收集的幾百本書，就這樣在幾個月內消失了。偶爾出版社寄來的新書一到，我半天讀完就把它變成了舊書，因爲變成舊書就可以賣。當我把舊書看作是兩碗泡麵加一瓶燒酒的那一刻，我就舉起雙手投降了。

我失敗了，二〇〇八年過去了，兩年的全職作家挑戰以徹底失敗告終。計畫的藍圖總是很耀眼，問題是「人」的事無法都按計畫進行，尤其是作家的生涯，這可不是一、兩年就能開闢出的道路。我和家人朋友們認眞討論了我的現實狀況，獨自陷入苦惱，眞是進退兩難。人一旦沒錢，就會變得醜陋又缺乏社交能力，我也開始發現自己成了這副模樣。

我唯一的支柱就是最後一張還沒用上的牌——長篇小說。從那時起，我每天只吃一點五餐的飯，開始埋頭筆電寫小說。就這樣不停歇地寫了三個多月，這部小說是關於某個幽靈作家（代筆作家）的故事，是一部飽含自傳性元素的拙劣作品。儘管如此，完成後我還是很開心並期待，所以就投稿參加正好在徵稿的世界文學獎。

二〇〇九年，世界文學獎揭曉。我落選了，在最終階段的評論中完全看不到我的作品。這是理所當然的結果，而且這個結果告訴我，該放棄了。

準備好的三張牌全都被消滅了，離職金和生活費也被殲滅了，持續撐下去的力量與意志都破滅了，唯一的出路就是重返出版界。三十五歲的年紀，勉強還不算三十幾歲的後半段，好像還是有公司願意找我。作家生活讓我疲憊不堪，父母也勸我回出版社工作。那麼，我就得結束東仁川的生活。我還有一千萬韓元的押金和兩千萬韓元的存款當作最後的保險。以前即便餓肚子我都當作沒這筆錢，於是才得以保住這些錢。以結束作家生活並重回出版界爲條件，父母給了我一點錢，加上我存下的錢，我在合井洞唐人里發電站附近租了一間小小的全租房。東仁川時期就這樣結束，我重新回到了出版界。

租到合井洞的房子後，大概過了十天左右吧。下午我辛勤地向多家出版社投履歷，然後突然跑去搭地鐵前往東仁川，爬上自由公園眺望仁川的大海，在新浦洞振興閣吃了辣海鮮飯。我漫步在松月洞的街頭，無可奈何地仰望著以前四樓的工作室，然後走到了花島鎭圖書館。經過因白天喝酒而讓我微醺的烤馬加魚巷，走到二手書店街，無謂地確認我賣掉的書是否還在。我就這樣在創作的曠野巡禮，結束後又回到東仁川站搭上往龍山的快車。

稍稍回顧過去，仍舊是看不到任何東西，當時我全心付出，竭盡全力，卻無法抓住任何事物。那段日子，是否有天會成爲我記憶中一段眞的很有用的時光呢？本以爲自己有實力、有才能，但實際翻牌才發現自己完全是無能的，我是否還有勇氣承認那段時光，並重新積累實力？

我覺得我的作家生涯無異是結束了，留戀舊情人而跑去人家家又有什麼用呢？當下我決定以後不會再去東仁川了，回到合井洞的家，我陷進無力感中睡去。

第四章

獨自寫作，一起寫作，隨手寫作

無論做什麼事都別打消你的固執。
業界的權貴會搶走很多東西，
他們可以買了你的劇本再開除你。
雖然他們可以任意改寫你的劇本，
卻無法阻止你再次挺身反抗。

——布萊克・史奈德（劇作家），《先讓英雄救貓咪》

作家病：作家病的嚴重性與解方

新出版社在東橋洞，我可以從合井洞走路去上班，可以走路上班只是這家出版社十項優點其中的一項。這家出版社兩年前就出版過銷量破百萬冊的書，另外也還有暢銷超過五十萬本的作品，在自我成長類書籍中獨占鰲頭，以年輕、新鮮的形象主導市場。

我只有編輯過漫畫和小說，於是抱著姑且一試的心態投了履歷。面試時主編說不需要和他面試，直接把我送到代表的房間。代表說以後公司除了自我成長類的書籍，還計畫增加小說與漫畫類的多種領域，所以他才注意到我，這一年我就先一邊編輯自我成長類的書，一邊適應公司，以後要努力做自己想做的領域。這份工作對有經驗的員工來說，職級和薪水都不錯，對於離開業界兩年的我而言，這種待遇讓我受寵若驚。於是我自然就下定決心要放棄對寫作的留戀，在新公司努力工作。

適應公司並不容易，我對於重新上班的生活也不太熟悉，但不禁讚嘆公司的多元福利，看到同事們幹練又有禮貌，我也不得不奮發向上。編輯自我成長類書籍一開始很陌生且困難，但我也逐漸適應了，職場很快就讓我感到既緊張又有趣，成為了累積新經驗的地方。重要的是這裡讓我感受到「這就是公司」。我的第一個職場是電影公司，感覺像是做創業計畫的集團，第二個職場是出版社，感覺像是一群志同道合的人聚在一起。然而在這家公司，我要說明我的願景和任務，隨時確認銷量和績效，我必須徹底區分身為職場中一員的我和身為個人的我。職場生活的嚴肅與緊張我曾在書上或網路留言板上讀過，現在則是切身感受到，而且大多數的員工都在這種環境下工作，這個事實著實令我驚訝，甚至是尊敬。

入職一個多月後，我好像適應公司了，但又莫名地開始感到不安。我再次感受到職場生活的不容易，也感受到編輯自我成長類書籍的辛苦。代表說我只要做一年的自我成長類書籍，適應後就選擇適合我的領域去做，不過即使我只上了一個月的班，剩下的十一個月也感覺很漫長。這是一家好公司，工作環境很好，同事們也很親切，但早上要去上班卻讓我覺得越來越辛苦。

過了兩個月，我才明白不安與勞累的真正原因。我知道這家公司的工作比我的前公司還要辛苦，工作的確也是我不熟悉的領域，但我的無力感終究還是來自於我依然留戀著之前放棄的事。一攢下兩個月的薪水我馬上就想到，這筆錢應該夠我五個月什麼都不做，能寫好一部小說或是劇本，然後用賣作品賺來的錢，我好像又能賺到寫下一部作品的時間。

光靠這句「好像」我就突然興奮了起來，好像我馬上就能完成一部精采的作品。《知名教練白大日》好像還能再賣賣看，《朝鮮吸血殘酷史》好像也能重新修改，那部失敗的小說，修改草稿後好像也能得獎。

我犯了所謂的作家病。光是搞清楚現在究竟是工作太辛苦而想逃避，還是眞的想重新寫作，就花了我一週的時間。我得出的結論是，我的命就是無法再做其他的工作了。即使在寫作方面我失敗了、完蛋了，還因爲極度挫折而放棄，但光是想到寫作，只要有一點寫作的環境，就會讓人感到心動，心臟怦怦跳，頭腦變清晰，手癢難耐。

陷入挫折的深淵不過是四個月前的事，如今拿著多的補給，就想用繩子綁住身子又跳進去。這就是荒謬的作家病，也是個無可救藥的絕症。我和代表面談，表示很抱歉無法達到他的期待，打算重新投入寫作，他欣然答應了我的離職申請。以前如果有編輯爲了寫作而離職，他總是會挽留，但他卻說我應該會更適合寫作，反而支持了我的決定，眞的很感謝他的這句話。

離職後我再次成爲想當作家的無業遊民，這掀起了後續的風暴。出版界的熟人怪我爲什麼要放棄那麼好的公司，父母則是很生氣地問我爲何離職不堅持下去。周遭的人似乎都認爲我是無法適應社會或無可救藥的人，而我也感到了與離職時不同的不安與緊張，猶豫不前。但最後我還是決定鼓起勇氣，這是再一次的挑戰，也是敗部復活賽。苦攢了兩個月的薪資要盡可能省著花才能撐過五個月。回顧了之前的失敗，我要重新審視並調整東仁川時期不夠好的寫作習慣。首先是體力，長時間坐在書桌前專心寫作需要很多體力。上午我沿著漢江跑步，晚上就去家附近的健身房鍛鍊體力。

再來則是日常習慣。東仁川時期我的確很散漫，雖然第一年我很用心維持日常生活，但經歷了連續兩年的生計困難，我也只能隨意寫些雜文，過著不規律的趕稿生活，常爲了配合零碎的截稿日而擠出文章，然後又馬上懶散地過最糟糕的日子。日常習慣果然很重要，工作時喝的飲料、寫不出文章時聽的音樂列表、一天固定的上網時間、爲了構思故事靠散步來挖掘創意等，我準備了這些高效寫作所需的東西，好好實踐日常的習慣。

最後則是全心投入閱讀。東仁川時期，我爲了看電影與美劇，的確忽略了閱讀。電影與電視劇當然也有其意義，但我領悟到閱讀才是鍛鍊作家執筆肌力的特效藥。之後我透過扎實的閱讀提升了字彙力，增加了間接體驗，擴大了對人與世界的理解和共鳴。當時我決定去新建的麻浦西江圖書館借書，一次借滿最高限額五本，並且不管怎樣都在半個月內全部讀完，這樣下來一個月能讀十本，一年能讀一百二十本。

幾經周折，我把合井洞的家當作新工作室，開始了全職作家生存記第二季，預定時間最多五個月。首先，我決定改寫在世界文學獎徵文比賽中失利的長篇小說《幽靈作家》，我先把作品拿給徐眞君、善齊和 Magic 等人看，得到他們的建議後再重新全面修改。我也向 CJ 娛樂內容開發組傳達了想重新工作的意願，之後就時常接到劇本開發編劇的工作。

另外，因爲有位前輩需要工作室，我便決定把前輩的書桌放在我房間書桌的對面。前輩是我在黃梅出版社時的主管，他是出版社的主編。當時他離開出版社，正在從事日語翻譯工作，於是就決定把我的房間當作他的工作室來上班。因爲前輩工作本來就很認眞，託他的福，我也能像上班族一樣完成每天的工作。前輩和我還會在工作室一起煮午飯吃，他會支付談定的工作室使用費，還負責準備零食。現在我都會叫他一聲哥，他無疑是我人生中最特別的前輩和導師。

有了新工作室和工作室同事，再加上日常習慣的調整，我感覺寫作狀況越來越好。影響我最深的是，我下定決心不要白白浪費第二次機會，而且短暫又眞實的職場生活讓我領悟到，自己能做好的事只有寫作。兩年前我宣布要轉職時，逃避的想法占了百分之十左右，如今那種想法連個影都沒有了，也就是說我正式展開了無法回頭的作家生涯。

即使如此，因爲嚴肅與悲壯對身體有害，我決定要盡量保持靈活度。雖然希望我的劇本能被拍成電影，然後成爲一位知名編劇，但我覺得只要能靠寫劇本維生就夠了。雖然希望我的小說能獲獎，然後以小說家的身分出道，但我覺得即使做不到，我也能把寫小說當作興趣和鍛鍊執筆肌力的活動。

我重新修改了《幽靈作家》，同時也在構思新劇本。就在這樣同時開發幾部作品的過程中，我聽說一位平時我喜歡的導演正在籌組編劇團隊，於是我寄了《朝鮮吸血殘酷史》和《知名教練白大日》的作品集過去。不久後就與製作人面試，隨後還見了導演。雖然這兩部作品受到很多電影公司的冷落，但我很感激它們實在地發揮了作用，展現出我的寫作能力。

我通過面試，和兩位編劇同事與一位製片成爲小組，爲導演的下一部作品做準備。當時導演剛拍完《B咖大翻身》，這部電影吸引了超過八百萬的觀影人次，而我們團隊的案子則是他接下來的作品之一。二〇〇九年秋天，我成爲金榮華導演的編劇組，正式開始了全職作家生存記第二季。

團隊工作：劇本要怎麼一起寫？

電影公司位於江南區三成洞，就在宣陵和三成的中間，地處江南高級住宅區與商業區之間，是五層樓建物的其中兩樓。這裡是金榮華導演和姜帝圭導演共同創辦的電影公司，我們把繁忙辦公室裡的一個會議空間拿來當作工作室。主流！感覺我終於打入主流電影圈了。金榮華導演的首部電影《Oh! Brothers》觀影人數超過三百萬，第二部電影《醜女大翻身》突破六百萬，而《B咖大翻身》則突破了八百萬觀影人次。大部分新導演的情況是，如果第一部電影票房成功，下一部電影就很容易失敗，如果第一部電影表現不佳的話則會極盡努力，下一部電影就會成功。金榮華導演從第一部電影開始就成功了，之後每一部新電影，幾乎都以三百萬觀影人次為單位刷新自己的票房紀錄。當時他和崔東勳導演並列唯二「連三部」電影票房成功的導演。

他的電影是以人情劇❶為基礎，因活潑的喜劇感與眾多溫馨的角色而亮眼，常用引人入勝的強勁高潮擄獲觀眾的心。人情劇與人間喜劇屬於我的主要戰場，因此和導演合作對我來說別具意義。

團隊成員如下：

劉製片，他在KM Culture時就與金榮華導演結緣，是相當資深的製片，個性非常細膩且冷靜。之前我認識的製片們大多想操控編劇，或是走比氣勢的大男人風格，但劉製片讓我感覺到他很重視編劇，會細心照顧我們並提供協助。

李編劇，曾在電影週刊《Cine 21》的「新人劇本徵文比賽」獲獎，很早就進入拍片現場工作，曾在多部電影的導演組任職並擔任副導，因此經歷與人脈都非常厲害。他的取材能力一流，去餐廳廚房取材時，他直接在那工作了幾天，非常積極。因爲他的關係，我開始考慮在現場奔走的工作，並經常對他淵博的電影知識與敏捷的反應能力讚嘆不已。

景編劇，畢業於電影學院，才華洋溢的導演兼編劇，他常提出我絕對想不到的驚人創意，並擁有我所缺乏的編劇才能與風格，很期待他的風格搭配上我的寫作，產出更好的作品。

我也不得不振作起來，要和導演欽點的實力派編劇們合作，我可不能只是一昧地受刺激。我努力寫出對團隊有幫助的內容，爲了發揮相得益彰的效果，我用心參加會議。

劇本組不僅要寫作，還要經常開會，要先在會議上提出很多意見，還要先說服同事才能繼續寫下去。如果是自己寫的話，應該會先盡情地寫，之後再接受批評並修改，但在協作時就必須先以對話與討論的方式協調，再寫出各自或共同的創作內容。雖然這有時會削減作品的原創性，但這樣就能事先檢驗對商業電影來說很重要的共鳴度與可能性，就這點而言，協調是必要的過程。

工作方式是，團隊工作的初期我們每週進公司三次，蒐集資料並開會，確定要一起解決的課題，下次進公司前再分享所撰寫的內容。這個工作被命名爲「J計畫」❶，以新素材與特別企畫爲基礎，因此有很多需要取材和準備的資料，幸好時間充裕。過程中我們檢視了組員的寫作風格，找尋能讓彼此產生加乘效果的方法。有時我們會先各自寫故事大綱之後再統整，有時會根據角色不同賦予不同的力量，再各自創作看看。在作品的裡裡外外都投注充足的時間，並相互合作，提升作品潛力，這種創作工作是非常鼓舞人心的。

這八個月我在導演的幫助下，在與東仁川時期截然不同的環境中愉快地工作。我按

---

❶ 譯註：指展現人情味的戲劇。

時領工資，能夠一邊田調、學習，一邊寫作，還可以和同事分享彼此的工作狀況，讓團隊發揮加乘效果。最重要的是，對於能夠寫導演的下一部作品，我感到非常自豪。然而，最終導演決定要導「大猩猩（《王牌巨猩》）」，而不是我們的案子。無法確知他何時會拍攝我們的作品，只能抱著期待等待下一次，雖然有點遺憾，但也只能尊重導演的選擇。我成爲全職作家以來環境最好的時光，也在八個月後結束了。

之後的事眾所周知，《王牌巨猩》雖然票房低迷，但憑藉當時的經驗，導演得以提升DEXTER VFX STUDIOS的能力，以此爲基礎執導了第一、二部的《與神同行》，成爲「雙千萬導演」。因爲我社交能力不是很好，沒能常聯絡導演，但心裡一直都在爲他加油。多虧了導演，我重啓的全職作家生涯才得以步上軌道。和劉製片、李編劇、景編劇的團隊合作也讓我再次領悟到，如果是商業電影，先掌握方向再一起動腦寫的話會更好。

編劇組生活結束後，又回到我獨自堅持下去的時候了。我再次聯絡CJ娛樂，參與了一部由內容開發組與電視劇製作局共同開發的電視電影系列作品。在幾個月努力的工作中，我寫完了劇本論述，之後就被排除在計畫之外了。這部作品名爲《Little Girl K》，以OCN頻道電視電影系列的方式播出，對我而言是一部在許多方面都留下遺憾的作品。

待在編劇組工作和製作電視電影的同時，我也不停參加各種徵文比賽。我會利用以前寫好的劇本論述和故事大綱等內容，只要有能參加徵文投稿的地方我都不挑，一概報名。果然還是全都落選了，我在CJ Story Up的比賽落選兩次，大韓民國故事徵文大賽落選兩次，樂天劇本徵稿比賽也落選了兩次。重新全面修改的長篇小說《幽靈作家》也在一年半之內裡參加了韓國所有的長篇小說徵文活動，經歷一次又一次的落敗。在世界文學獎又經歷一次失敗，累積到連續兩次落敗的勳章。在徵文比賽中得獎的人到底是誰？雖然我很客觀地仔細觀察，但我實在不曉得他們是如何被選中的。

經過了一段時間，我自己也在很多比賽中得了獎以後才明白，得獎跟運氣很有關，只是作品要夠有水準才有機會獲得這種運氣。然後，該說這件事是有些訣竅的嗎？從二○○七到二○一一年初，我的作品接連落選，這些作品還不夠好，沒機會獲得運氣。雖然參加徵文比賽也是一種挑戰，但先提高作品品質是很重要的。但是提高作品品質和走樓梯不一樣，不是一直往上走就能升上去，而是像燒開水一樣，要從底部加溫，直到抵達沸點爲止，要把所有能當作柴火的東西統統加進去，還要時常思考自己是否還沒燒到九十九度以上就停止了。現在檢查沸點也是我工作的一環，但問題在於我沒有溫度計，要放生肉進去才會知道沸點到了沒。

因爲在知名導演的編劇組工作，並在CJ娛樂當開發編劇，相較於東仁川時期，合井洞時期過得還不算太貧困。但我依舊是作品四處碰壁的無名作家，被拒絕到遍體鱗傷的狀態並未改變。每當遇到這種時候，我就會去忠武路，那裡有劇死派大哥莫菲斯的個人辦公室。莫菲斯大哥也走上了孤獨的作家道路，所以只要我帶著一副厄運當頭的表情去找他，他就會二話不說地請我喝酒，一副不給選擇餘地似的不管酒精度數高低全都倒給我喝。他會提醒我抉擇的時刻已過，現在剩下的時間只能喝苦酒了。莫菲斯哥和我喝著能讓人忘卻現實的透明液體，撐過了這段時光。

雖然喝杯酒能消除挫敗感，卻無法擺脫如期而至的生活困境。貧窮侵蝕了靈魂，內心瀰漫的不安彷彿像傳染病一般，隨時都可能讓人無法寫作。我感覺自己好像在承受某種奇怪的嚴刑，手腳被綁住卻必須寫作，而我無法寫作，我像死了一樣躺在床上睡覺的時間增加了。

當時 Magic 在弘大前開了一家非常厲害的手工漢堡店，陷入低谷的金姓作家中斷寫作，待在那裡的時間逐漸增多。

朝寫晚工：白天寫作晚上打工

Magic 在弘大開的店名叫「Pepper Grill」，光是籌備就耗了近兩年的時間，野心勃勃地推出了手工漢堡的菜單。當時韓國還只有手工漢堡連鎖店 Kraze Burgers，Magic 想賣的是在美國才能吃到的豐富又新穎的手工漢堡。

他有以下堅持：一、親自剁漢堡肉餅並且會當日售完；二、烤漢堡排可以像牛排一樣選擇三分熟、五分熟、全熟；三、炭烤的木炭採用最頂級的阿根廷產紅堅木；四、招牌品項的辣度也可以調整大辣、中辣、小辣，還能加選雞蛋、起司、培根等配料。以顧客的角度看來，這是一家能透過多樣選擇調整熟度、辣度的炭烤手工漢堡店。當然對料理的人而言，情況就正好相反。每次烤漢堡排的火候都要控制，辣度也需要分別調整。內容複雜的訂單讓接單很花時間，廚房要一一檢查漢堡也很花時間。但對顧客而言，味道與滿意度都是一流的，因為味道不亞於在國外吃過的任何手工漢堡，還有可以客製化的樂趣。

Pepper Grill 一開張就有「開幕人潮」，生意非常好。Magic 上午十一點開門做午餐的生意，沒有休息時間，一路營業到晚上十一點。儘管工作辛苦，但他卯足全力經營店鋪。我每隔兩、三天就會帶熟人光顧，或是常常自己去吃親友價的漢堡。晚上客人多時，我也會毫不猶豫地起身幫忙服務或洗碗。相較於寫作的痛苦，在店裡勞動感覺自在多了。

我之所以要繼續講朋友開店的故事，是因爲這裡是我全職作家生存記第二季的核心。就在相對穩定的工作變少，要重新考慮生計問題的時候，Pepper Grill 成爲我的支柱。寫作並不是光靠寫就能實現的事，必須要貼近生活、貼近人，必須有能讓寫作安定的生活，需要能協助我穩定寫作的人。這位朋友再次成了我的「Magic」，簡而言之，他就是我的依靠。

Pepper Grill 逐漸成爲眾人熟知的美味店家，也出現了幾位外國常客。不只有來吃過的熟人稱讚，連不認識的客人都不客套地眞心稱讚朋友的食物好吃。但無論多喜歡手工漢堡，一般人通常也只能每個月去一、兩次，因此不得不重新評估位於弘大商圈的店鋪位置特性。儘管因爲食材好、菜單和配料多樣而受歡迎，但這些都是經營上的負擔，而弘大又不像林蔭道或清潭洞區，無法提高售價。最後朋友做出了決定。

大學商圈一定要賣酒！Magic 在一次的試錯後學到了教訓，進而去研究怎麼提供顧客新鮮生啤酒，然後將 Pepper Grill 轉型爲啤酒屋。他以店內只賣一種啤酒、一種下酒菜，只有老闆一個人工作的宗旨打造新店，將店名取爲「Pub One」。他說：「一杯經優良管理後生產出的 Max 生啤酒，勝過十杯朝日啤酒。」他特別傾力於生啤酒的製造管理，而下酒菜則是用啤酒煮過的啤酒香腸，這絕對是應變能力很強的事業轉換。雖然一杯啤酒配一份下酒菜很棒，但他一人獨力經營店面就沒這麼棒了——因爲如此一來，我就沒事可做了。

啤酒屋開幕的第一天，接近傍晚時，我和翻譯家前輩兼我工作室的同事一起去了 Pub One，成了開幕當天的客人。其他熟人也占了一、兩桌，但是客人馬上又吸引了客人來，路過的大學生和一般人都對新開的啤酒屋很感興趣，陸陸續續進來光顧。我滿臉笑容地起身離開座位，幫忙在獨自抱怨的老闆。你說你要怎麼一個人做啊？我搬啤酒、點單、洗碗，就這樣又重新擔起了我的職務。

Magic 的啤酒屋大受歡迎，Pub One 的 Max 生啤酒不用啤酒冷卻機製造，而是在啤酒冰箱裡低溫發酵後提供新鮮啤酒給顧客，光是用想的都覺得清涼爽口。還有微泡沫機製造出奶油般的泡沫加在啤酒上，甚至還會有客人要求加多一點泡沫。Pub One 當時帶動了奶油生啤酒風潮，很快就成爲啤酒愛好者的聖地。

那時我從合井洞搬到城山洞，白天就在家寫文章，爲了去朋友店裡上班，下午我會走路去弘大。我忘不了那些午後，當時的我眞的很開心，不但幫到了朋友，也賺到了零用錢。最重要的是，這份勞動很棒，不會像以前其他兼職工作一樣妨礙我寫作。當作家會有很多時間黏在書桌上，所以如果可以的話，最好每天有一定時間做不太勉強的體力勞動。藉由體力活暫時讓頭腦休息，紓解纏在一塊的創作糾結。在東仁川時期，我爲了寫自己的作品而苦惱，寫別人外包給我的作品又很頭痛，之後不就因而失衡，最終還闔上筆電了嗎？

我就這樣在朋友的店裡打工，撐過了一年多的時間，同時也非常渴望寫出自己原創的劇本。《知名教練白大日》和《朝鮮吸血殘酷史》都是由合作夥伴的案子開啓創作的作品，而ＣＪ娛樂開發編劇的案子本來就是由公司提供的，編劇組的工作也是由導演的計畫開始發展的。這樣看來，我一直在用別人的構想寫作，接受別人的案子、別人的企畫、別人的故事來完成劇本，這種工作我已經做了四年了。我唯一原創的小說《幽靈作家》仍然在徵文大賽中嘗盡落敗的滋味，我提交的故事大綱和劇本論述雖是我的構想，但不是沒有營養價值就是未成熟的企畫（所以才會落選吧）。

二〇〇二年我在習作地獄打滾，那一年我創作了三部原創劇本，一部改編成漫畫故事並得了獎，另外兩部已經達到了讓電影公司感興趣的程度，這代表我的企畫並不糟。

但我仔細分析後發現，問題是沒有「時間」來讓這些構想發酵。讓尚未成熟的企畫參加徵文比賽後落選，然後就此放棄，這實在非常可惜。但現在我需要花點時間燒水，我領悟到，只有一百度的沸水才能把食材做成料理。

最重要的是，自己的原創概念不就是我真正想說的故事嗎？既然劇本創作的喜悅就是將我的風格、喜好和心聲好好地傳達給觀眾，並獲得大家的共鳴，那我之前似乎繞了遠路。做一個屬於我自己的原創作品，好好從企畫到收尾都徹底做完吧。後來我馬上向熟人提案了幾個構想，得到他們的反饋，知道什麼作品最具競爭力、什麼最值得開發，然後我就選定一個案子開始寫。

寫原創作品的人最終會認識自己，而這部作品必須準確地告訴別人這位作家是誰、他站在哪個位置。

原創：你有原創作品嗎？

這是韓國首次參加奧運的故事。在一九三六年柏林奧運上，青年孫基禎身上掛著日章旗奪得金牌，後來在二次世界大戰的戰火中，奧運被取消了兩次。一九四八年，已經十二年無法舉行的奧運會將在倫敦舉行。我國在美軍政期❷，為宣傳解放的獨立國家「韓國」，決定參加奧運並聚集全民之力，發行了奧運會後援券（韓國的第一張彩券）。選手們也懷抱著韓國首屆國家代表選手的自豪進行訓練，出國當天還在德壽宮舉行了市民歡送大會。

由六十七人組成的韓國首屆奧運代表團依序搭乘火車、輪船和飛機，經過了釜山、福岡、橫濱、香港、曼谷、喀拉蚩、開羅、阿姆斯特丹、倫敦，走了二十天十九夜的旅程，最終抵達倫敦。因為旅程中也要訓練，所以選手們在船艙裡舉啞鈴，在甲板上跑馬拉松訓練，在香港還與當地代表隊比練習賽（韓國首場的A級比賽）。不久後在倫敦溫布利體育館舉行的奧運開幕式上，韓國選手團執掌太極旗首次登上奧運會舞臺，以國際上新生國家的身分首次亮相。

這個故事以一九四八年倫敦奧運韓國代表隊上的某位記者為中心，描述他與選手們走過充滿熱誠與感動的漫長旅程。與其強調勝利與愛國心，我更想讓大家看到祖國解放後的年輕人愉快又真摯地在一場場戰役中表現。二〇一二年夏天，我們將再次迎接倫敦奧運，希望這部作品能夠讓我們了解，在超過六十年的歲月裡我們究竟改變了多少，又有多少是沒改變的，並藉此感動觀眾。

北京奧運會快結束時，某報紙報導了下一屆的倫敦奧運會，於是我就有了這個故事構想。花了二十天十九夜去倫敦？選手的狀態應該都很差吧。即使如此還是期待在馬拉

---

❷ 編按：一九四五年九月至一九四八年八月，日本殖民朝鮮結束至大韓民國成立之前，美國陸軍在朝鮮半島三八線以南地區設立軍政府「美軍政廳」，其統治期間一般稱作美軍政期。

松、拳擊、舉重等項目上奪牌？瘋了吧。結果還眞的奪牌？也太厲害了吧，韓國不愧是體育強國。起初我只是這樣想。但在二〇〇九年夏天《B咖大翻身》票房大獲成功後，我受到鼓舞，想寫體育類的人情劇，當時又再次想起了這篇報導。我本來就非常喜歡體育，當時還參加了半馬，所以想以馬拉松隊爲故事中心寫成劇本。但光是想到要重現一九四八年的倫敦，就知道製作上需要很多預算，難度很高。

但仔細了解後，我發現二〇一二年奧運會預計在倫敦再次舉行，當時的我認爲如果作品在那時上映的話，也許就能成爲時機恰當的企畫。而且業界也漸漸開始尋找並企畫「帳篷支架電影」❸，因此我認爲只要有可靠的故事背景，這個案子就値得挑戰。最重要的是，我在蒐集資料的過程中發現了太多有趣的故事。孫基禎雖是教練，但他在倫敦溫布利體育館幾乎是被人推上去帶頭入場的，而舉重老將金晟集全盛時期的八年間都沒舉辦奧運，原本沒機會的他最終得以參加並奪得銅牌，爲韓國贏下首面獎牌，這些故事都很有趣。尤其是在南北對立嚴重、左右翼衝突的美軍政期，光靠參加奧運就能讓人們同舟共濟，實在很好奇這些人到底是什麼模樣。

美國犯罪小說界的大師唐納德．韋斯特萊克在《神偷盜寶》一書的〈作家的話〉曾寫道：

「我自己也很好奇故事內容會怎麼走，一直寫下去，最終就完成了這部小說。」

我也越來越好奇了，究竟在一九四八年韓國混亂的政局中，大家是如何團結一心，夢想著參加奧運呢？二十天十九夜的旅程有多辛苦？還有，會不會有人記錄下這一切呢？

所以我想到了一個角色，他是韓國史上第一位記錄夏季奧運參賽過程的記者，不過其實他是一位騙子，打算靠奧運會的罕見時機來大撈一筆。他僞造並銷售韓國史上首張彩券——奧運會後援券，以創刊韓國第一份體育報的名義，試圖詐騙投資金。他爲了在投資者面前冒充記者而登上了前往倫敦的船，卻因爲錯過下船時間，而意外被留在船上，還誤打誤撞地被誤認成眞正的記者……經過幾番周折，他決定前往倫敦。

在體育電影中，主角不是選手也許是一大缺點，但我決定不要受限，想挑戰以記者爲主角的故事。我認爲在那段時期，記者能看著選手與代表隊並記錄一切，這個角色能傳達很龐大的故事。爲了彌補缺點，我強化支線，描述馬拉松隊與記者的交情，還加入了女記者同事，以免主角孤身一人。

---

❸ 帳篷支架電影（tent pole movie）意指投入知名導演、演員與巨大資本製作且肯定有票房的商業電影。從電影公司的角度來看，這種電影能保證收益，支撐一整年的事業規畫。

也就是說，我想講一個關於「成眞」的故事。這是一位假記者變成眞記者的故事，而韓國在美軍政廳統治下不被認定爲正式國家，所以這也是一個韓國透過奧運成爲眞正國家的故事。確定角色與大主題後，故事更有力量了，我一蒐集完資料，就毫不猶豫地展開寫作。就像經歷了二十天十九夜的奧運代表隊一樣，在二〇一〇年的某天，我也要讓這龐大且漫長的故事揚帆啓航。

我一邊在朋友的店裡打工，一邊持續寫作，光是寫這部作品就花了我一整年的時間，隔年二〇一一年的春天寫完三稿。我還清楚記得完成三稿的那天，熬了整夜，我自豪地從冰箱裡拿出罐裝啤酒，望著黎明破曉前的太陽灌完啤酒。我已經抵達倫敦，不管別人怎麼說，我用劇本的形式講完一個完整的故事了，滿足的感覺讓我內心澎湃。即使這個作品無法被拍成電影，我也有信心告訴別人：能寫這個故事我感到很滿足。

我必須加緊腳步，二〇一二年夏天倫敦就要舉辦奧運了。

電影至少要在二〇一一年展開製作，這樣才能瞄準二〇一二年倫敦奧運會的商機。如同劇中主角覬覦著一九四八年倫敦奧運會的罕見時機，我也不得不考慮倫敦奧運會的開幕時間。我覺得不能再推遲發表劇本的時間了，於是我便把劇本送去給大家看了一輪，不久就有了回音。大公司說手上已經有陣容龐大的片子，小公司則說這是他們無法承擔的大案子。有的導演會給我忠告，問我爲什麼沒有用選手當主角，有的製作人一語道破地說，這個構想要韓國的明星導演或明星製作人才能拍，這樣的人才全國總共也不到十個，那些人都忙著做自己的案子，所以很難達成。

果然並不容易，好辛酸啊，我幾乎一整年完全投入這部作品，結果卻一無所獲。難道這是個錯誤的構想嗎？是愚蠢的挑戰嗎？我不斷自責，每當我開始陷入自責，就會重讀自己寫的《一九四八，倫敦》，並思考是否有哪裡可以修改、有什麼必須從根本上修改的大問題，又有什麼是無論如何都要保留的優點。

有，總是有需要修改的部分，只是沒時間、沒機會而已。那麼這個故事應該什麼時候結束呢？那時我醒悟了。如果找不到能一起引領這個故事的人，那麼我寫完的那一刻，故事就結束了。

醒悟後，我考慮是否要再修改《一九四八，倫敦》，最後我決定收尾。然後我腦中就掠過那些寫完後沒能拍成電影的作品，就像瀕死之人體驗到的人生走馬燈一樣，《不懂事的傢伙們》《實驗人間地帶》《*Run for your life*》《知名教練白大日》和《朝鮮吸血殘酷史》，還有那些在公司與編劇團隊創作過的許多案子，然後再加上《一九四八，倫敦》吧？

這部作品也列入了沒能拍成電影的劇本名單，但我學到很重要的一課，那就是自信心。如果我有時間，如果我能在某段時間內寫出一篇我想要的故事，那麼我就有信心把這個故事完全變成我的。我也領悟到，這篇故事就是只屬於我的可靠世界，我相信即使它賣不出去、不受歡迎，它仍然是我所創造的一個堅不可摧的世界。我是個作家，我想寫的作品是完全屬於我的東西，而去買它、愛它則是你們的事。

如果我沒有描繪出一個完整的世界，就不會產生如此的自信。多虧有《一九四八，倫敦》，我才獲得了滿滿的自信與作家的自尊心。我曾經是無名作家，常常受挫，我不是偶爾怯懦，而是經常感到畏畏縮縮，在哪裡稱自己是作家都會覺得丟臉，連談論自己寫的作品（也沒有什麼好談的）都不太知道該怎麼說。但是寫完這部體育類的人情劇，我就變得理直氣壯了。儘管沒有上映的編劇作品也沒有暢銷作，我還是過了五年的全職作家生活吧？當紅作家要繼續寫作很容易，但不紅的作家能繼續寫作才是眞正的了不起吧？因爲至少還有一個屬於他的世界。

二〇二〇年東京奧運因新冠疫情而延期，二〇二一年的倫敦奧運已是遙遠的過去了，《一九四八，倫敦》仍然賣不出去。好萊塢的知名故事寫作顧問約翰．特魯比曾說過給予作家們勇氣的一句話：

「寫改變人生的劇本吧。即使賣不出去，至少你的人生也會改變。」❹

正如他這句極富洞察力的格言，《一九四八，倫敦》是我眞正的第一部原創作品，有了原創作品後，我感覺人生有點不一樣了。

而且這部作品讓我更新了我的作品集，剛好能寄給一位在尋覓新作家的製片。這位製片正在為姜帝圭導演的新案子籌組編劇組。

❹ 出自威廉．M．艾克斯，《別讓你的劇本遜斃了！》。

好奇：故事的祕密，世事的祕密

每年夏天旺季的七月底，音效指導都會打給我。

「過得還好嗎？你這次會去吧。」

「當然囉。」

對話簡短地結束，我們在八月初見面，我坐著他的車前往平澤的一個追思公園，帶著米酒和 Cloud 9 香菸，還有一朵小花。

今年是第十個年頭了，二〇二〇年的忌日不知不覺已是十週年。盧老師去世的炎熱夏天好像才剛過不久，彷彿他隨時都會在一旁抓我的話柄，但如今他其實也離開很久了。我總是在生活的空虛與人生的淒涼中翻來覆去，仍舊無法相信他已離世。

音效指導和我同齡，我倆都對盧老師有所虧欠。在出版社時期，盧老師提拔我，並邀請我和他一起寫劇本。我欣然答應後，在出版社幸福地吃了這行飯四年。音效指導也參與了出版社的許多計畫並得到幫助，因此他也格外感謝盧老師。

我們每年會一起或各自在盧老師的忌日當天來悼念他。我想起二〇一一年的夏天，第一次和音效指導一起來，當時是老師逝世一週年，天氣炎熱到無法形容，即使在追思公園也感覺不到原本特有的涼快感。我代盧老師喝了米酒，音效指導則代老師抽了菸，悼念他的方式就是暫時扮演他的角色。除了我與音效指導，盧老師也帶給無數人快樂、歡笑與靈感，我透過他窺見了故事與世間事的奧祕。我想寫寫這些。

盧老師基本上都是懶洋洋的，很隨心所欲地生活。在一九八〇年代，漫畫店不僅是青少年最棒的休息場所，對成年人來說也是如此，而盧老師則是人氣很旺的漫畫編劇。當時的漫畫編劇是個好職業，能賺到大企業部長級左右的薪資。他製作過許英萬的《一支香菸》《兩小時十分》等作品，而且他還是傳奇科幻漫畫《機械戰士二〇九》的作者。之後在一九九〇年代寫了高幸錫的《不速之客》系列，有次我問他寫了《不速之客》系列中的哪幾篇，他回答：

「那麼多怎麼可能全記得？你就當系列中有趣的故事都是我寫的就好！」

二〇〇〇年代後他開始挑戰電影劇本，但一直沒能成功，這期間他遇到了我，我們志趣相投。本來以為我會協助他寫劇本，沒想到我卻成了出版社的正式員工，他就獨自一人有一搭沒一搭地寫劇本。

他曾說：「你得寫劇本我才會幫你看，如果不一起寫就別再說了。」然後就只是把酒杯遞給我。現在回想起來，我想我也許該不顧一切幫他寫作品才對，但我又覺得要是幫他寫他的作品，他應該不會滿意，因此也不用非得這麼做。

我和他一起旅行過很多次，去過陝川、南海、東京、昂古萊姆、東草、濟州島等地，我跟他學了釣魚，也學會怎麼找美食。他有時把我當成侄子看待，有時把我當成弟弟，有時把我當成朋友，我則把他當成前輩作家和老師，但又時常覺得他很像朋友。他凡事不在乎權威，善於自我諷刺，無法忍受人們的僞善。他就像個孩子，只要是自己喜歡的東西，他就想看著它、守護它。

雖然盧老師喝很多酒，卻不是愛酒的人，他喝酒時像在解悶又像在對話。他是個害羞的人，喝了酒才能對別人發牢騷，玩笑才會越開越大。晚上我們常在大學路和弘大街邊一起找新酒吧再去舊酒吧，然後再回到辦公室，把辦公室變成酒吧。和他邊喝酒邊聊天，好像世間的所有煩憂都能輕易解決，他是天賦異稟的說書人，當他談起過去在漫畫界的故事與自己的生活經歷時，我都想錄下來當作資料。

二〇〇九年我在合井洞找到新家後，盧老師就住在隔壁望遠洞的屋塔房❺。我在東仁川時期無法經常去探望他，所以後來我就常騎腳踏車，經過如今已成爲望理團路的街道，上去他的屋塔房。屋塔房是他的工作室兼住所，我常買酒和下酒菜過去，一起聊著各式各樣的話題，在屋塔房的露臺觀賞落日餘暉。我們有時一起去廣場參加反美牛燭光集會，有時在望遠市場吃煎餅、喝米酒。

當時盧老師無法寫作，但即使如此，他還是很努力地想寫點什麼。而我暫時辭了出版社的工作，重新展開茫然的全職作家生存記，沒幫到他什麼，其實也根本幫不上忙。寫作畢竟還是要自己動筆，他知道，我也知道。我懂他所表現出來的痛苦，由於長時間沒有寫作，他的寫作能力已經變得生疏，無法再提升。他想成爲東山再起的作家，但只能承認事與願違，陷入遺憾與痛苦。

現在應該有讀者猜到了，我的處女作《望遠洞兄弟》中的師父和第三部小說《幽靈作家》的吳鎮洙都是盧老師的殘影，師父的虛虛實實與吳鎮洙的一語道破都是他在我心中的形象。尤其是《幽靈作家》，這部作品誕生於他所講述的漫畫界各種傳聞中，《望遠洞兄弟》則是我出入他的屋塔房時所想到的概念。我從來沒住過望遠洞，只是盧老師的屋塔房就在望遠洞而已。

---

❺譯註：屋塔房是韓國常見加蓋在房屋頂樓的小屋，也就是臺灣俗稱的頂樓加蓋。

師父雖沒給出問題的正確答案，卻能藉著錯誤的答案使人們開心。

這是《望遠洞兄弟》中的文句，這句話正好代表了他。盧老師總是如此，帶著從容的厚臉皮，愉快地胡亂撒謊。但在那愉快的謊言流轉之中，我想起了某種眞理。這種時候我都會用尊敬不已的眼神看著他，他就又會得意洋洋地說一連串誇張的瞎話，如果這次周圍的人都反應冷淡，他就會非常害羞。

「媽的，我寫漫畫只在乎一件事，自古以來故事情節不管多有趣多好笑都沒用。」

「什麼？」

「不用有趣也不用搞笑。」

「那要怎樣？」

「應該要好奇。」

「嗯？」

「應該要讓人很好奇。漫畫書再怎麼有趣，大家看到《無限挑戰》這種綜藝節目就會把書扔到一旁；網漫再怎麼搞笑，女朋友一傳訊息來，大家就會關掉視窗跑去傳訊息。但如果很讓人好奇的話呢？好奇的話就會忽略訊息繼續看漫畫，哪管什麼《無限挑戰》？全都只會看重播，手裡只顧抓著漫畫猛追。關鍵是什麼？好奇！不管什麼故事都要讓人好奇。」

《幽靈作家》中有句臺詞也是盧老師說過的話，他說：「世界上有趣的東西很多，無法引發好奇心的漫畫隨時都可能被扔掉。」這是寫了數百篇漫畫故事的他所擁有的洞察力，他對著驚訝不已的我投以「有必要這麼誇張嗎」的眼神，然後望向遠山。這就是他告訴我的，說故事的祕密。

他還會跟我說些世間事的祕密，雖然只是小事，但他講的這個故事卻在我心中占據了很深的位置，讓我期待著浮躁的日常生活中也會有這樣的事發生。

盧老師住在濟州島時，曾叫我過去找他，因爲濟州島沒有好看的衣服，所以他請我在弘大買幾件衣服帶過去。當時正好是休假期間，我就去了濟州島，他穿著我買來的衣服，像首爾來的流氓一樣在濟州市區逛。那晚他請我吃白帶魚生魚片，生平第一次嚐到如此入口即化的白帶魚生魚片，配著燒酒，好像連酒精都要融化了。我問他過得怎樣，他說在濟州島寫作也不太順，只是一直釣魚而已。

「釣到魚的話要怎麼處理？」

他平靜地回答我的提問：

「在防波堤釣魚，一開始我釣到魚會先裝起來，之後就把魚放生。但是防波堤後面有家生魚片店，所以隔天開始我就把釣到的魚送去那裡。就這樣送了幾天，有天他們叫我過去吃晚餐。於是我就這樣過日子，釣了魚送到店裡，然後吃飯。」

順帶一提，盧老師很會釣魚，這麼會釣魚的人把釣到的魚都給了生魚片店，店家做飯給他吃也是合理的。他說的事就像電影短片，會在我的腦海裡依稀浮現，好像證明了他的故事在我心中扎了根。他盡情釣魚，然後受人款待，沒有設定或計畫，就只是如此，和周遭的人一起過著日子。

他就這樣過著日子，規畫著他的新故事。但是對於不擅規畫的大男人而言，他一直沒有這種故事可說，而是由我緊握著從他手中接過來的棒子，至今仍然還在寫著，連他的故事、連他的份都一起寫下。

悲喜交加：希望與絕望的雲霄飛車

《48小時》和《終極警探》的編劇史蒂芬．德索薩曾說過：

「問題終究在於你要讓那些能給機會的人一直看到你的存在，讓他們知道你能做什麼，因此默默工作等待時機是很重要的，這並非刻意爲之。以我爲例，保齡球比賽節目《Bowling for Dollars》帶來了影集《玄機妙算》的工作，我藉此突飛猛進，後來終於能和艾迪．墨菲共事，只是這些事都是在不知不覺中發生的。」❻

---

❻ 出自卡爾．伊格萊西亞斯，《*The 101 Habits of Highly Successful Screenwriters: Insider's Secrets from Hollywood's Top Writers*》。

史蒂芬默默工作，在不知不覺中遇上當代最優秀的演員艾迪．墨菲，而我也一樣，我努力寫著自己的作品，將作品展現給別人看，自然而然就迎來了機會。二〇一一年夏天，我接到一通電話，是曾和我一起在金榮華導演編劇組共事的劉製片打來的。

「金編劇，姜帝圭導演在找下一部電影的編劇組，你要來應徵嗎？」

Oh my god！我強壓下脫口而出的驚呼，答應去應徵。劉製片說他會推薦我，並告訴我這個案子的關鍵字是欺詐、搶劫、動作，並且建議我提供這種風格與節奏❼的作品集，還好我剛出爐的原創劇本主角是詐欺犯，我向他道謝，並將《一九四八，倫敦》寄出去。

不久後面試的地方就是兩年前進行「J計畫」的三成洞辦公室，我的內心自然變得很自在。第一次見到宋製片時，他說讀了《一九四八，倫敦》覺得很有趣，只是他認為這部作品很難拍成電影，因此提議讓我以編劇身分一同參與姜導的新計畫。我當然是答應了，初秋時我便加入姜帝圭導演的團隊，以編劇的身分工作。

當時姜帝圭導演剛拍完張東健與小田切讓主演的韓中日合作電影《登陸之日》，電影以年底上映為目標，正在後期製作。下一部作品「L計畫」也在籌備中，團隊成員包括姜帝圭導演與一位製片、兩位助理導演與兩位編劇，之前面試我的宋製片與全助理導演都是從《登陸之日》就已經開始跟導演合作。還有另一位和我一起被選為編劇的人，宋製片第一次提到那位編劇時，我一時驚慌失措到說不出話來。

「跟我們一起工作的編劇製作過《駭人怪物》。」

「《駭人怪物》？是奉俊昊導演的《駭人怪物》嗎？」

「沒錯。」

「……」

我感到尷尬無比，團隊中最重要且即將與我合作的編劇同事，他的代表作是《駭人怪物》，而我卻沒什麼作品，參與過《諜變任務》的製作就是我所有的經歷了。宋製片也許是感受到我的不知所措，便鼓勵我說，我們的年紀相當，應該會很合拍。儘管如此，經歷差距太大確實讓我壓力不小。不久後，這位創造出千萬票房電影的編劇就如怪物現身般登場了。

我對他的第一印象是聰明，反正就是看起來非常聰明的樣子。眼鏡後面的眼神有如《三國志》會出現的軍師一樣閃爍著光芒，整齊端莊的衣著和平凡的身材看起來就像怪物的偽裝。他介紹自己是白哲賢編劇，而我也介紹了我自己，在如此緊張的氣氛中我頭

---

❼ 風格與節奏（Tone and Manner）是指某部電影所追求的氛圍與風格。

一次見到了白編劇。當時我還沒有意識到，往後他將成為我作家生涯中（難以跨越）的障礙與（能依靠的）支柱。

編劇組成立後，白編劇、我和宋製片、全助理導演正式啓動了L計畫，以導演提議的企畫為基礎開始蒐集資料，並確定作品的整體輪廓。我們開始邊腦力激盪，邊了解作品，也一一了解彼此。就跟參與《諜變任務》與「J計畫」時一樣，團隊工作時必須了解隊員彼此的風格，重點是掌握彼此的喜好與對作品的態度，並發揮默契來配合。開始上班後，我們一起生活，分享值得參考的作品與對電影的各種感想，不知不覺間就能掌握彼此的風格。最重要的是我們三人都能毫無阻礙地敞開心扉，相信團隊工作會產生加乘作用。雖然白編劇和我同齡，但他已經是兩個孩子的父親，個性成熟。我問了他很多問題，他會給我機智的回答，或是透過反問讓我有機會再三思考。我喜歡他的談話方式，他個性灑脫，不會評斷他人、不計較優劣，因此我也放心了。

他不僅是《駭人怪物》的編劇，還是《殺人回憶》的導演組成員。我很崇拜《殺人回憶》這部電影，因此聽他講述幕後故事也是一大樂趣。我沒什麼特別的作品卻能在這個世界撐到現在，他對於我的經歷也很好奇，於是我就跟他講了我充滿辛酸的生存記。我們就這樣變熟了，團隊成員彼此分享生活經歷與製作電影的故事，變得更加緊密。然後當週週末，導演加入了我們的會議。兩年前因爲「J計畫」進出這間辦公室時，我甚至不敢與導演對看，現在卻要面對面一起開發劇本，眞是讓人感到既神奇又驚訝。對我們這個世代的人而言，姜帝圭導演就像蘋果電腦創始人賈伯斯一樣的存在。他讓韓國電影變成了一大產業，他代表了票房不敗，他刷新韓國電影最高觀影人次的紀錄，他是我爸也認得的電影導演，他不需要多餘的形容。

我看著他的影視作品長大，從證明了韓國電影也能媲美好萊塢電影的處女作《隔世琴緣》開始，到無需多說的《魚》，以及完美處理韓戰與戰爭電影的當年最高票房電影《太極旗：生死兄弟》等。我不僅熱愛他的電影，我這個世代的人也因爲他開拓出的韓國電影新局而受益匪淺。在《太極旗：生死兄弟》之後，導演雖進軍好萊塢，狀況卻不如意，回韓國後他拍完《登陸之日》就開始準備下一部作品，而我就在此時跟他合作。我曾看過一句話說：「當你和某領域中自己所尊敬的人共事，你就成功了。」那現在的我不就是成功人士了嗎？總之，面對導演時我忍不住這麼想著。

導演對待我們就像認識很久的人一樣，對我和白編劇說話都非常自在且溫暖。於是我產生了勇氣，相信既然他提拔了我，一定有我能辦到的事，我是有能力的，也因此下定了決心。一有了幹勁我就提出不少意見，和導演一起工作的那天後，計畫的輪廓開始慢慢被勾勒了出來。

我與白編劇也逐漸越來越合拍，我們定好了初步的故事大綱，宋製片和全助理導演也持續提供資料與創意做後勤補給，團隊工作正在步入正軌。我們加倍努力，就這樣過了三個月，故事大綱發展成劇本論述，劇本論述修成更精細的劇本論述。然而導演卻因電影即將上映，很難花更多心思在這個案子上。

聖誕節前夕《登陸之日》上映了，出乎意料的是觀影人次並不理想。在聖誕節和週末過後觀眾減少，結果票房低迷。電影公司的尾牙上大家都鬱鬱寡歡，這部片的團隊也遺憾地坐在桌邊喝悶酒。在續攤的地方，宋製片告訴我和白編劇我們的案子已經結束了。時間才過了三個月，目前爲止的工作成果都還不錯。這個決定來得比預期更早，白編劇和我愣了好一陣子，但當時大家都很辛苦，只能不停地喝著悶酒。

深夜回家後的隔日早晨，超越宿醉的悔恨感襲來。電影終究是由導演拍攝的，身爲編劇的我十年間寫了十多部作品，很不幸沒能遇到將我的劇本拍成電影的導演。我還以爲苦盡甘來後，這次終於遇到平息我厄運的「終結者」，直到昨天我都還在和導演一起工作，也很喜歡這個計畫與團隊。不過，最後還是空虛地結束了，我只不過是一位在尾牙上失業的外包編劇。

我沒辦法振作起來。當時有個流行用語叫「精神崩潰」，我好像在臨床試驗「精神崩潰」這個詞。我的編劇生涯一直在經歷各種痛楚，我得忍受默默無名的習作期，接受長期用心創作的作品受到冷落，遭受工作六個月後卻領不到錢的詐騙，還曾經中途退出所參與的計畫。更別說經濟困難了，我一直都吃不飽，生活的品味與樂趣總是被放在其他事情之後。即便如此，我還是很喜歡電影，寫電影劇本還是很有趣，雖然很累，我還是因爲有趣而撐過來了，相信機會總有一天會來，相信自己會成功。只有靠堅強的意志與傲氣才能讓我走到今天，我認爲這是無名作家的唯一強項。

然而現在我感覺內心有個東西崩潰了。我還能繼續當編劇嗎？爲什麼我就連跟最強的導演合作都無法成功呢？爲什麼我這麼倒楣？有的編劇第一次寫劇本就被拍成電影，票房也很好，爲什麼我卻會這樣呢？爲什麼這麼不公平？在這些毫無意義的問題中，我無法聽到任何人的答案，空虛的時間正蠶食著我。

這時我接到了一通電話，是白編劇打來的。他先寒暄了一番，然後表示他也覺得這個情況有點不眞實，同時他問我，雖然合作時間很短暫，但我們是否配合得不錯？我表示同意，他便說：

「那麼明年我們倆一起合作怎麼樣？」

被困在精神崩潰地洞中的我，此時才看到一條繩索慢慢降了下來，於是我猛地抓住了那條繩索。

加乘作用：一起工作的樂趣

二〇一二年一月三日，我在江南的某家咖啡廳與白編劇見面。在跨年的前幾天通過電話後，我們就分享了各自筆電中珍藏的企畫案，新年一開始兩人就見面，坦誠地吐露自己對作品的感受。這些作品包括古裝劇、驚悚片、人情劇、體育劇等，題材很多樣，也有處於故事大綱或劇本論述階段的案子，甚至是只有一頁的企畫與剪報。我們決定不管作品是誰的都要不設限地冷靜看待，選出最有可能賣出去的大作。我依舊是一位生計型作家，而他則是兩個女兒的爸爸，我們要寫能賣出去的作品，絲毫不能浪費一同投入寫作能力的機會成本。

我們選擇的企畫是白編劇的作品，是一個半頁左右的紀實報導，這項企畫還綁著一份三頁左右的電影開發方向，是以紀實報導為基礎整理而成的。這是一部時代劇，同時也是一部體育劇、青春劇與人情劇，我們決定一起開發這部作品。一月先蒐集資料、寫故事大綱，二月開發劇本論述，以便在三月提交給電影振興委員會的企畫開發補助計畫。

一九三三年正值日帝強占期，在京城❽有位二十二歲的流氓金昌燁在自家附近的水標橋前目睹了眾人揮拳相向的情景，這是YMCA主辦的活動，是一種名為「拳擊」的新體育示範活動。金昌燁不分青紅皂白地爬上擂臺罵道：「打什麼打？」然後就攻擊選手，等他回過神來才發現自己剛剛失去了意識，從此他開始正視拳擊比賽。他加入朝鮮拳擊俱樂部正式開始學習拳擊，克服逆境成為朝鮮最優秀的拳擊選手，最終在菲律賓舉行的東亞大賽上奪得金牌。

以上是關於眞實人物金昌燁的故事。我和白編劇開始跟著這號人物，圍繞著他和朝鮮拳擊俱樂部來開發一齣體育類人情劇。我們把李燦秀設定爲金昌燁的競爭對手，李燦秀這個人一擊就平息上擂臺撒野的金昌燁，兩人的關係讓人聯想到漫畫《灌籃高手》裡

❽譯註：京城是朝鮮日治時期的首都，也是朝鮮總督府的所在地，相當於現在的首爾。

的櫻木花道與流川楓，這是體育類劇本所需要的相互競爭並一同成長的對手。同時，因爲那個時代的關係，最強的敵人終究還是日本選手，金昌燁和李燦秀與朝鮮拳擊俱樂部將用青春的拳頭克服時代的限制，走上對抗最強敵人的道路。

朝鮮拳擊俱樂部的館長表示，世界雖然不公平，但四角拳擊擂臺是公正的，拳擊場上不分貴族與賤民，不分日本與朝鮮人，只有選手與選手的對決。於是金昌燁和李燦秀只相信自己的拳頭與意志，站上了拳擊擂臺。但現實並不容易，日帝強占期的時代現實與階級偏見形成了不公平的拳擊擂臺，赤手空拳的青年向那個不公平的世界揮拳。我認爲這種設定能貼近現今年輕人的心，是能充分得到年輕觀眾共鳴的大主題。

整理完企畫和構想後，我們就馬上開始一起寫故事大綱。合作過程很順利，我先寫好故事大綱寄給白編劇，白編劇就會重新整理過再寄給我。這種工作流程之所以有效，是因爲我們倆的寫作方法不同。我的風格是一有了藍圖就會先試著寫故事，不會瞻前顧後而是直接擴寫故事，無論如何都會儘快完成。反之，白編劇在畫好藍圖後還是會不斷斟酌，像圍棋高手先預測幾步之後才會放下棋子一樣，很愼重地編故事。因此，他的做法雖精緻卻需要很多時間，而我雖寫得很快，卻常寫出鬆散的故事。

所謂理想的合作關係就應該在風格上互補，白編劇高度肯定我寫故事的速度和推動力，而我則對他精細的故事安排與編輯能力讚不絕口。同時身爲導演的他擅長規畫大局、組織與編輯，身爲說書人的我則擅長布下吸引人的點慢慢鋪陳故事。因此，只要我先寫好故事，他就會整理、補充，並做出精確的判斷，流程非常有效率，這也是他和我能一起做好工作的原因。

後來白編劇替我取了個綽號，叫「用臂力寫作的作家」。他說之前在團隊工作時，他對於自己要怎麼寫都費盡了苦心，然而我卻毫無顧慮地一直寫故事，他覺得我非常神奇。而我則不擅長重新編排與客觀看待已完成故事的好壞，所以對於他敏銳的觀察與判斷時常會佩服得瞠目結舌。若講得更深入的話，我是在師徒制下學習寫劇本的，我會先盡快把大量的草稿交給前輩們，他們就像鍊金術士一樣重新加工我的素材，做成優秀的劇本。我已經習慣了這種工作流程，所以能快速完成初稿。相反的，白編劇在韓國藝術綜合大學影像學院主修導演系，並在奉俊昊導演的導演組開啓在業界的工作，他用導演角度看待故事的觀點應該很出眾。我們就這樣善用彼此的優點，快速讓故事步入正軌，二月初就完成了故事大綱，受白編劇介紹而加入我們的製片也爲作品注入更多力量。

三月時我們將作品提交給電影振興委員會的企畫開發補助計畫，作品的名稱是《京城之拳》。我們通過了第一階段的申請，獲得一千萬韓元的開發補助。而且《京城之拳》還獲選由全羅北道主辦的「電影人住宿提供計畫」，在全羅北道的淳昌可以獲得三個月的食宿補助。提出申請後一個月聽到這個消息，對我完全是個驚喜，因爲之前申請的補助都頻頻落空。《京城之拳》的劇本論述和申請書當然都寫得很豐富，但我不能忽視與我合作的人，因爲當時的評選標準包括作家的經歷，不同於沒什麼作品的我，白編劇的作品完全能吸引評審們。❾

個人做終究是無法成功的，和白編劇合作後事情就變順利了。雖然電影製作幾乎沒有能獨自完成的事，但曾經有段時間，我一直掙扎著想要獨自完成。如今能盡情享受遇到好搭檔的喜悅，我由衷地感謝白編劇，他在我最艱困的時期對我伸出援手，並與我共享作品。

我們帶著劇本論述，找了間坐落於淳昌郡剛泉山下的民宿就開始工作。五、六月的時間很快就過了，我們寫累了就泡在剛泉山清澈的溪谷裡，從容地喝著米酒。如果再寫得不順，就去淳昌郡市區的咖啡廳喝咖啡閒聊。在全羅北道豐厚的補助下，我們甚至加速在七月初就寫完初稿。之後回到首爾，我們輪流寫作，不斷地改稿。像交換日記般的劇本通過了電影振興委員會企畫開發補助計畫的第二次申請，因此我們又得到一千萬韓元的補助。對於被逼到牆角的白編劇和我而言，《京城之拳》可說是痛快的連擊。

我想起了一個有趣的小故事。白編劇、李製片和我在市區的咖啡廳喝咖啡，老闆娘問我們怎麼會來這裡，我們說因爲有事所以才在剛泉山下吃住過生活。於是老闆娘就說：「啊，你們是來工地做工的啊？」然後就叫我們要常來喝咖啡。我們笑了，這三人中我的外貌最容易讓人聯想到工地的工作，而且雖然這跟阿姨說的做工不一樣，但有趣的是劇本其實就是電影的設計圖，而劇本設計和建設工程並沒有什麼不同。

二〇一二年過得很快，因爲電影振興委員會兩次的補助和全羅北道住宿補助，那一年我少了些經濟壓力。成爲全職作家以來，這是我寫作寫得最不窘迫的時期，多虧了合作夥伴讓我感受到加乘效果，並能寫好劇本。因爲有這樣的背景，才讓我更有餘力去寫點別的東西。當白編劇在改寫我寄給他的劇本時，我就開始寫自己想寫的故事。那年年底，我用這個故事重新投稿參加世界文學獎，並成爲小說家。

後來我就沒和白編劇一起寫劇本了，我成爲小說家，而他則準備以導演的身分出道。雖然沒能再次合作，但我們依然是少數能互相分享彼此的作品並交流意見的人。直到現在我還是一聽到他的新計畫就會讚嘆不已，然後再給他建議。而只要他對我的作品給出精準的建議，我內心都會感到痛快與滿足。最重要的是，在我工作遇到困難時，對

---

❾目前電影振興委員會的企畫開發補助計畫，審查過程已經不看作家履歷了。

生活感到疲憊時，和他聚在一起喝酒實在非常享受。

作家安德魯・霍頓曾在他知名的劇本寫作書《*Writing the Character-Centered Screenplay*》中寫道：

「請記住，兩個人聚在一起，就會形成一個既能幫助你，也能彼此幫助的團體。極度的恐懼就是孤立，作家最應該害怕的是孤立無援的情況，去抓住與你血脈相通的人吧！」

我們互相「抓住」彼此，一起走出死胡同。

《京城之拳》在二〇一五年賣給了某家電影公司，當時我正準備結婚，這部作品再次成爲了我的及時雨。之後白編劇決定親自擔任該片導演，並正在與電影公司合作，這部作品目前處於選角階段，電影的新名稱是《拳擊手》。

登上工作人員名單：累積你的代表作

二〇一二年八月《京城之拳》正值最後的工作階段，徐眞君來電告訴我售出《心碎飯店》電影版權的喜訊，並表示他向那家電影公司推薦我擔任編劇。我心想：「嗯，原來工作還可以這樣找上門啊，果然還是認識越多小說家朋友越好。」然後當我問起電影公司時，他說是金泰植導演的公司。我腦中的小燈泡瞬間亮起，金泰植導的《拜見妻子的情人》我可是跑去電影院看的呢。我很喜歡這部亮眼的公路電影，電影設定有趣，演員演技投入，場面調度又漂亮，許多方面都有值得學習之處。如果是這部電影的導演，我會想跟他合作。

不久後金泰植導演來電，我們的第一次見面是在電影公司的新沙洞辦公室。導演問我最近做了哪些工作，當他聽說我正在寫拿到電影振興委員會補助的作品時，他說自己是這次電影振興委員會企畫開發的評審，問了我作品的名字後，便笑著說在評審時已經讀過《京城之拳》。這等於他已經看過我的作品集了，因此我的工作也順利推進。《京城之拳》的工作收尾後，我就加入了導演的新作計畫，導演說想以黑色電影的方式講述連載長篇小說《心碎飯店》中的〈第二次蜜月〉。但〈第二次蜜月〉的背景是美國舊金山，應該會把背景換成韓國吧？沒想到導演竟然要直接用美國的背景拍，於是我就有機會以劇本的形式描繪出我從未去過的美國了。

> 老人的中國妻子與他離異之後去世，這位老人來到舊金山，尋找當年蜜月時曾經和妻子一起入住的飯店——心碎飯店。老人下榻飯店，回憶起與妻子相處的時光，他想自殺，服下名為「Chew-X」的藥後躺下。然而當他一睜開眼，時間卻倒轉回新婚時期，他身旁躺著可愛的妻子，他想阻止未來的離婚事件。

以這樣的原著小說情節爲基礎，導演打算將故事的風格與節奏打造成陰沉的黑色電影。我也很想寫寫看黑色電影，因此從那時開始我就會看適合參考的電影，擴寫並調整故事，尋找新角色與設定。和導演合作時，我們比較不會跟隨既定情節的規則，反而會更注重創意與新鮮感。過程中我受到鼓舞，積極構思作品並寫作。

二〇一二下半年，我專心製作被命名爲《射日》的這部作品，二〇一三年一月完稿後就送出去了。幾個月後演員尹珍序和安奭奐確定出演，電影的投資事宜也開始進行。不久後演員姜至奐和朴正民加入，就確定了開拍日期，而這部電影竟然全部都要在美國拍攝。在導演的關照下，我得以出席能見到演員們的場合與讀劇本的場合，第一次近距離看到電影的前期製作❿。過去我以編劇身分寄出最終版本的劇本後，就再也不用去電影公司了，但金泰植導演和我分享很多東西，甚至邀請我一起去美國的拍攝現場擔任編劇兼導演組人員。不過拍攝進行時是二〇一三年的夏天，當時我的第一本書正好出版，所以就沒辦法去了。直至今日我還是很感謝導演對編劇的關心與愛護，不但讓編劇參與前期製作，拍完還會先給我看剪輯版。

雖然二〇一三年夏天拍攝就結束了，但上映日期卻一延再延。電影是等待的藝術，製作人要等編劇的劇本，劇本寫好後要等演員的選角與投資，電影拍攝後還要等上映日期與結算日。對於這部我初次獨立完成劇本的作品，我也翹首盼望它在大銀幕上映，然而作品上映還要等上兩年的時間。

---

❿ 前期製作（pre-production）是製作電視劇或電影時，劇本完成後準備拍攝的工作，包括組織製作團隊、確定角色、準備各種裝備與寫分鏡等工作。

《射日》於二〇一五年三月上映，票房與評價都不是很好。看著大銀幕上那些我寫的臺詞與情境，我有很多情緒都爆發了，也因爲寫作時沒有更堅持地深入挖掘故事而感到自責。這部作品故事性不夠的問題，主要歸咎於身爲編劇的我。這部片是我首次被放進工作人員名單的作品，也是單獨被放在編劇欄上的作品，我卻因爲實力不足而感到羞愧。儘管如此，劇本的力量還是不容忽視，它雖然不華麗耀眼，卻是我親手精心雕琢而成的小勳章。

電影圈所謂的「工作人員名單（Credit）」一詞，原文還有「信用」這層意思，信用是在這個世界上決定自己身價與價值的標準，實際上也代表了各種補助計畫的資格、成爲編劇工會⓫正式會員的標準，是向別人自我介紹的名片，但是韓國電影圈對於編劇功勞的認定標準仍不明確。在好萊塢，這是由美國劇作家協會（WGA）負責的，有人提出問題時甚至會啟動「工作名單協調委員會」，把這件事看得非常重要，然而韓國卻是一旦確定了名單一切就結束了。所有電影人都表示，韓國電影界需要更多的好劇本，而爲了產出好劇本，我們就應該改善編劇的待遇。若是如此，進入工作人員名單這件等同於編劇身價的事情，是否也該更加愼重地判斷並執行呢？

二〇一二是很忙碌的一年。從年初開始，我就和白編劇合寫了《京城之拳》，一過完上半年我又參與了《射日》的製作，而且還經常去朋友Magic的店裡幫忙，賺零用錢。幸好有這些事情讓我重新獲得寫小說的機會，那年我只要一有空就按部就班地寫新小說。

把時空帶回到二〇一〇年。當時常有人聚在我合井洞的工作室裡，有找不到教授工作，甚至連講師工作都很難找到的研究生；有需要積極尋覓工作機會的自由翻譯家；有自稱是「企鵝爸爸」⓬的候鳥爸爸；有寫什麼都失敗的無名編劇；還有現在要靠其他工作謀生的漫畫家等。我和我周遭那些沒出息的男人經常聚在一塊喝酒，在世間的殘酷折磨下，銳氣一點一滴地被削弱。我們會喝到很晚才睡，隔天中午才從工作室爬出來，看著小學生放學，然後走向醒酒湯店，在那裡吃湯飯、喝燒酒，笑彼此有多可悲。我想起

⓫ 編劇工會的正式名稱是韓國劇作家工會（SGK，Screenwriters Guild of Korea），是為維護並代表韓國劇作家權益而成立的代表性編劇組織。

⓬ 企鵝爸爸一詞由候鳥爸爸衍伸而來，候鳥爸爸指的是妻兒去國外生活，自己獨自留在本國賺錢，只會偶爾飛去找家人的爸爸。而企鵝與候鳥不同，企鵝不能飛，所以這裡是用企鵝爸爸來形容家人去異鄉生活，父親自己卻無法去家人所在的異鄉相聚的情形。

了那段時光，想起了那些束手無策卻很悠哉的人們，雖然無法成功卻也不會失去幸福感的「快樂魯蛇們」，如果我來寫他們的故事呢？

當時美國節目《泰拉・班克斯脫口秀》提到的「兄弟情」一詞讓我印象特別深刻，「兄弟＋浪漫之情」的概念如今雖已成爲一種老套的表達方式，但在當時仍然是很新鮮的詞，讓我一直記得。後來我才發現我喜歡的好萊塢電影人賈德・阿帕托的作品，都是典型的兄弟情電影，像是《四十處男》和《麻吉伴郎》，於是我想我也可以在韓國寫一部兄弟情類型的電影。就如前面所提到的，很多適合的角色已經散落在我身邊。我想到了一個故事設定，以望遠洞的屋塔房爲背景，講述各年齡層魯蛇男聚在一起同居的故事。最重要的是我瞬間就想到書名了——「望遠洞兄弟」。Magic 聽到書名時對我說了一句：「不錯耶。」不過當時我仍在專心製作《一九四八，倫敦》，還不是投入寫這部作品的時候，只是一有空我就會抽空想想這些男人的事。

一開始我計畫把《望遠洞兄弟》寫成電影劇本。二〇一一年春天發表了《一九四八，倫敦》後，每次只要見到身邊的製片和導演，我都會跟他們談起這個關於令人心寒卻又無法討厭的魯蛇男同居故事。然而我得到的反應卻都模稜兩可，他們說看電影的主要觀眾是女性，誰會想看一堆沒出息的男人？又說雖然故事算有趣，但格局太小了，頂多只能拍獨立電影，或是說缺乏票房吸引力等。這些反應我都已經很熟悉了，而且我也同意他們給的評論。

我寫了超過十部劇本，不是最後拍攝失敗就是賣不出去，所以說企畫非常重要，在企畫階段就沒力的劇本不會因爲寫出來而有所改變。我虛心接受有人說這個故事拍成商業電影並不吸引人的評論。那該怎麼辦呢？寫一部劇本最少需要六個月，最多需要幾年的時間，對作家而言寫作的時間是唯一的本錢，我不能花費寶貴的時間寫一部預計賣不出去的劇本。於是，我放棄了這個計畫。

如果我就此收手的話，望遠洞那四位廢宅男就不會出現在這世上了。

第五章

出道：在創作的茫茫大海中吹一下口哨

寫作的目的不是賺錢、出名、求得約會對象、找到床伴或結交朋友，寫作最終不僅豐富了讀者的生活，還豐富了作家自己的人生。寫作的目的是為了生存、戰勝困難並振作起來。
寫作是讓人變幸福的東西，變幸福的東西。

——史蒂芬．金，《史蒂芬．金談寫作》

如何恰當地應對得獎通知電話

我就這樣把自己的發想收了起來，但這些角色常常浮現在我腦海中，雖然他們很廢又一團糟，卻是一群臉上總掛著笑容、不放棄幸福的快樂魯蛇。二〇一一年春夏發表的《一九四八，倫敦》處處碰壁後，爲了克服挫折，我不得不寫點什麼。當時，他們就像來收欠款的人一樣再次登場，厚顏無恥地要求我寫他們的故事，最後，我不得不寫下那些在我面前晃來晃去的沒出息大人的故事。我因爲《幽靈作家》參加了韓國所有長篇小說徵集比賽而滿身瘡痍，便下定決心再也不寫小說了，但不久後只要在朋友店裡工作時有空檔，我就會隨手寫下他們的故事。

放下肩上的壓力輕輕鬆鬆地寫，不知不覺間就寫滿了五十頁A4紙。加入「L計畫」後，還有在寫《京城之拳》時，我也會抽空寫小說。寫到一百頁左右，就把之前寫的內容印出來仔細閱讀，寫得不差。因爲分量是預想的三分之二左右，覺得再寫三分之一左右就可以完成了。最重要的是，即使無法在徵集比賽得獎，只要投稿給出版社，或許就能出版成書。

產生信心後我就開始加快創作的速度，我利用寫《射日》的空閒時間重新寫起了小說。劇本寄給電影公司後，會有十天左右的審查時間，此時我就會瘋狂寫作。故事寫起來很流暢，因爲有設定、有地點，而且我身邊到處都是角色，他們的行爲就像電影預告片一樣在我眼前不斷閃過。我不知不覺就陷入這部作品中，到了十二月中旬，我以一百六十多頁A4的分量完稿。

我的目標是世界文學獎，卻還沒看到比賽公告。我打給《世界日報》，得到的答覆是很快就會公告了，於是我重新改稿並等待。當比賽辦法終於刊出，我得知這次除了大獎之外，還會加選五篇優秀獎，公告上也說明這次的文學獎是由新出版社主辦的，而不是之前的出版社。我再仔細地讀了一遍，公告的意思是大獎的獎金爲一億韓元，五個優秀獎則會獲得出版機會。當時我覺得一定要拿到大獎，有出版機會不就代表沒獎金的意思嗎？

參賽截止日期是二〇一三年一月六日，還好原本設在年底的截止日期延後了。我又再多少修改了一下，一月五日拿著裝訂好的作品直接去了報社，順便節省快遞費用。週六上午在加山數位園區站下車，踏著一路泥濘的雪，來到了西部幹線道路旁的報社，感覺很平靜又很空虛。然而當我將稿件交給文化部負責的記者，在轉身的瞬間，我看見記者桌子的另一邊擺滿了堆積如山的徵集作品，我馬上就退縮了。

徵集比賽結束後，我又重新開始創作劇本，此時《射日》的工作也接近尾聲，一月就這樣在忙碌中結束，我連參加比賽的事都忘記了。

一月二十六日星期六，我冒著寒冷的天氣騎腳踏車從城山洞的家出發，去上岩洞的劇作家區工作，下午我窩在劇作家區的開放寫作室改稿並截稿，接到一通「○二」開頭的電話。這時我才突然想起，如果星期六接到辦公室號碼的來電……我深吸一口氣接起了電話，果然是《世界日報》打來的。

只要是已出道的作家，沒人會忘記在電話上被通知得獎的那一刻。那天的事我也記憶猶新，就像有人刻在大腦上一樣。

當時我的思緒已經在打轉，想著是大獎還是優秀獎。打給我的人是報社的文化部部長，他先恭喜我，然後告訴我《望遠洞兄弟》獲得了優秀獎。一時間我感到心情很複雜，我以些微的差距錯失了一億韓元。獎金固然重要，而且大獎和優秀獎的價值與分量明顯不同。此時我暫時想了一下不領獎會怎樣，獲得優秀獎就代表我的作品有潛力，要是我把獎項退回，再修改一下作品，投稿到三月的韓民族文學獎如何？不過即使如此，也不能保證我會得獎。剎那間我腦中湧現出無數種想法。也許文化部部長早猜到我的煩惱，他說如果我退回獎項，他就會讓下一位候補者領獎。他親切地說明，請我考慮好是否要領獎再給他答覆，然後就掛掉電話了。

掛上電話後，我深吸了一口氣，真是令人心煩的狀況，雖然得獎了，此刻卻出現了令人高興不起來的煩惱。我拿起電話，朋友 Magic 沒接電話，而徐眞君則是把我的事當成自己的事一樣，他恭喜我並建議我接下獎項，接著又給了我很棒的建議。他說一億韓元的獎金終究只是事先支付的版稅，即使拿不到獎金，之後只要拿到正當的版稅就好了，這句帥氣的建議打動了我。但是徐眞君沒有這種煩惱，他不就是既拿到韓民族文學獎又拿到獎金了嗎?眞羨慕。我還打給黃梅出版社的社長，社長也是恭喜的同時建議我要領獎。

最後我打給我的親哥哥，哥哥說：「你今年四十歲了，領吧。」此時我不由自主地點了點頭。我掛掉電話打給報社，然後接下獎項。過了一會兒，哥哥又打電話過來，他說：「你也不是只有這個作品，你還會繼續寫，所以就先領獎吧。可能永遠再也遇不到這樣的機會，能出道眞的不容易。」聽了哥哥補充的誠懇建議，我說：「嗯，我已經接受了，謝謝你，哥。」

要是當時沒接受獎項會怎麼樣呢?

我越想越覺得毛骨悚然。如果當時沒領優秀獎的話，我還能透過其他文學獎出道嗎？還是會一直以無名作家的身分到處打滾到現在，不斷升級詛咒自己與世界的方式呢？我想，在那寒冷的星期六接下獎項，應該是我人生中做過的最佳選擇吧。從通知獲獎到接受獎項爲止我都很緊張，實在無法忘記二〇一三年一月二十六日下午的混亂情況。

不知不覺我就已經四十歲了，如果在我三十三歲再度成爲全職作家時，有人跟我說：「現在開始的七年後，也就是你四十歲時，你才會被認可爲作家。」那我還會重啓全職作家生活嗎？如果有預言家這樣預言的話，我是絕對不會走上這條路的，終究是不知道所以才能做到，我認爲人生是未知的，只有過過看這樣的日子才會知道自己能不能承受。度過七年的無名作家生活，我終於以小說家的身分出道，我想今後寫作人生應該會變得容易一點吧。哈哈哈，這完全是沒有根據的想法，要過得容易簡直難如登天。

新手小說家的生計問題

某位男子被大家叫「吳騙」，因爲他很愛亂講謊話，大家就在他的姓氏後面加了一個「騙」字。他是大我一年的學長，會寫詩和小說，雖然字很難看懂，但是寫作寫得非常好。他認眞從事學生運動，後來就逐漸和寫作疏遠，雖然我和他仍舊會一起喝酒、開開玩笑，卻不像以前那樣談論文學了。大學畢業後，他成爲積極的社運分子，一晃眼就當上了國會議員幕僚。

二〇一三年一月的最後一天我遇到了他。在延南洞的一家酒吧裡，他告訴我他要辭去幕僚的工作，要放棄社運生涯中最穩定、最高薪的工作，然後打算寫小說。就像是突如其來的愛情告白，這個宣言雖然很空泛，但他是認眞的。我不贊同他的決定，吳騙馬上開始指責我。

「X！你要寫那種 XX 寫到什麼時候？那種劇本你要寫到老嗎？ XX！還不如像

我一樣寫小說，X！放棄劇本，寫小說吧，懂嗎？XXX！我現在要寫小說了，黃晳暎和趙廷來XXX都給我皮繃緊了！」

我跟他說我了解了，之後便道了再見。

隔天，二月一日，報紙刊登了世界文學獎的得獎公告，我沒有多說一句話，只是複製了得獎的報導連結後傳簡訊給他。他沒有回覆，之後有段時間都沒有接到他的消息。幾個月後，我的書出版了，他才眞心地來恭喜我，當然他還謊稱自己會寫出更厲害的小說，不知道他現在寫了幾本？年輕時我們以文青的身分相識，曾經是互相幫忙讀作品的朋友，然而在他的眼裡，當時的我該是多麼令人感到心急啊，否則他怎麼生氣地要我放棄劇本去寫小說呢？

身邊的人都很擔心我，吳騙只是其中一個，連我也很擔心我自己。我只是想看看結果會如何就決定堅持下來，但誠如先前提過，與電影劇本相關的事沒有一件是容易解決的。我和導演一起工作過，和製片人一起工作過，也和大企業合作過，還曾在知名導演的編劇組工作過。我自己單獨寫過，和朋友一起寫過，也曾以企畫開發的身分寫過。我被騙過，也被流氓製片折磨過，沒收到的劇本尾款已經能買一部進口車了，要說在韓國電影界劇本工作裡可能經歷的所有事情我都經歷過也不爲過。

我一直很窮、很空虛，一直沉浸在「這職業特有的不安」中，「懷疑自己是不是寫了可能沒人想看的故事」。❶還好《望遠洞兄弟》救了我，藉由這部作品我偶然成爲了小說家，遇到了寶貴的讀者。賣出電影版權後賺了一大筆錢，而且還被改編成舞臺劇每年登上舞臺，這部作品總是能讓我特別感動。要是沒有這部作品，我就沒有機會讓大家認識我，也沒有能力照顧自己了。當然，之後我能繼續寫小說也是多虧有他們，這四位無法讓人討厭的男人可靠地站在我身後。

二〇一九年夏天，《望遠洞兄弟》的第十刷寄來了，居然是第十刷！簡直無法想像。工作中的我突然想到一件事，在網路上搜尋《望遠洞兄弟》的評論。有這麼多讀者讀完我的小說還留言，眞是太令我驚訝了。

有社會新鮮人因第一份工作而來到首爾，讀這本書是爲了了解首爾的獨居生活；也有人是敬重的上司推薦了這本書，讀完後他們還一起分享心得；還有人說他讀完後去了望遠洞參觀望遠市場，甚至去了漢江河邊。留言中有人機智地開玩笑說書本散發著酒香，有人的感想是想喝豆芽醒酒湯，我看著這些留言都要流口水了。讀者們特地抽時間寫下讀後心得，我爲他們的心意而感動。我寫的內容算什麼，值得讓他們寫下感想跟大家分享呢？身爲作家，這絕對是最大的成就與快樂。

二〇一三年夏天出版的《望遠洞兄弟》與村上春樹的《沒有色彩的多崎作和他的巡禮之年》、丁柚井的《28天》、金英夏的《殺人者的記憶法》、趙廷來的《萬里雨林》

等書一起陳列在新書書架上。在眾多優秀作家殺氣騰騰的新作之間，我看到《望遠洞兄弟》封面上騎在彼此背上的四位可憐男子，不禁苦笑了起來。即便如此，我還是跟在前輩身後跑著，沒有放棄比賽，在出版第二週左右還一度登上鐘路區教保文庫書店暢銷小說的排行榜，這一切讓我感覺很不眞實。

然而我的經濟情況並沒有好轉，初版版稅就是我的全部收入了，我一邊準備出版一邊度過了上半年。到了夏天，存摺已經開始替我哭泣。我這才意識到出版書籍和賺錢是兩碼事，不得不趕緊找工作。這時劇死派的承宰哥剛好聯絡我，他婉拒了一份工作，問我想不想做，而我一口就答應接下那份工作。工作內容是要改編新人導演的作品，於是我放下成爲小說家的心情，開始投入編寫劇本的本業。

我做著改編的工作，就這樣度過了二〇一三的下半年，當年年底我獲得參與《南漢山城》劇本製作的機會。我帶著熱愛原作的心態參與，但這項工作就像守護丙子年冬季的山城一樣，非常艱苦，完成二稿後我就離開了團隊。之後黃東赫導演接下這個案子，

❶ 這是《銀翼殺手》和《殺無赦》的編劇大衛·皮普爾斯說過的話，出自《*Future Noir: The Making of Blade Runner*》一書，這是對編劇工作本質非常敏銳的定義。

重新製作劇本，所以我沒辦法拿下編劇的頭銜，果然沒有任何事是容易的。成爲了小說家，在出版方面開始有些行動，電影公司就來找我開會，但簽約條件並不理想。雖然有幾家出版社提議合作，問我要不要出下一本書，但我還是決定繼續和幫我成功出版並賣出我第一本書的樹旁椅子出版社合作。主要是因爲寫新小說需要錢，但沒有一家出版社會爲新人小說家的第二部作品預付充足的版稅。

要安穩地寫一本小說，至少要有一年的時間不必擔心生計問題，但是韓國的小說家之中，沒有幾位作家能拿到這麼高的預付版稅。因爲我本來就是吃出版這行的飯，這件事我多少已經猜到了，但實際環境卻比想像中還要惡劣。如果想寫下一部小說，我只能自己賺錢來買時間，如此一來，我只能透過目前在做的劇本工作賺錢了。結論就是，雖然成爲小說家後讀者對我第一本書的反應也不錯，但我無法只當小說家。我開始感到困惑，並擔心起其他小說家是怎麼過活的。我還算幸運，因爲我能繼續寫劇本賺錢，然而每次寫劇本時，我都會有想要再寫小說的欲望，進而產生自我懷疑。一開始我在小說家與編劇這兩種身分之間掙扎，經歷了不少的混亂。就這樣度過了二〇一三年，二〇一四年初出現了一個相當令人訝異的機會。

從二〇一三年底開始，我就陸續和幾間電影公司具體談論《望遠洞兄弟》電影版權的事，不過進展比想像中慢，我並沒有抱沒有太大的期待。此時，出版社代表李秀哲來電，他用受到鼓舞的聲音通知我說，李敬揆代表對我們的作品很感興趣。

一開始我沒聽懂他的意思，如果是搞笑藝人李敬揆的話，應該就是我昨晚在電視上看到的那位吧？但……對耶。當我一想到李敬揆還有另一個「電影製片人」的身分後，我就聽懂他的意思了。電影製片人李敬揆和小說《望遠洞兄弟》意外地合拍，因爲他的電影和我作品的風格節奏非常相似。

我對電影製片人李敬揆完全沒有偏見，我認識的人曾在共同製作《搖滾明星夢》的Studio 2.0 工作過，當時我聽他說過製片人李敬揆滿腔熱血的樣子。我在試映會上看了之後也覺得電影很優秀，《搖滾明星夢》巧妙運用了好萊塢喜劇手法「離水之魚」的概念，同時也是一部將日本原著巧妙翻拍成韓國版的電影。

《全國歌唱比賽》也是感動人心的作品，我不懂爲什麼這部電影的觀影人次只有一百萬人左右，之後我才聽李敬揆代表說明了原因。當時與《全國歌唱比賽》同檔競爭的電影是《鋼鐵人3》，回想第三部的精采片段就很容易理解了，數十個「鋼鐵人」同時飛來飛去，觀眾實在無法抵擋。《鋼鐵人3》光在韓國就吸引了九百萬觀影人次，這就代表《全國歌唱比賽》難以與之比拚。

二〇一四年一月，我和出版社代表一起見了電影公司 In & In Pictures 的李敬揆代表。我已經知道他是優秀的電影製片人，所以對我而言他強烈的製作意願才是最重要的。李代表用非常認眞的語氣告訴我，他想拍好《望遠洞兄弟》，他還說了有關小說電影化的各種計畫，給了身爲原著作家的我一股信心。但一直很嚴肅的他在某一刻卻揚起嘴角笑了出來，而我也一起揚起嘴角笑了一下。我很驚訝，我坐在只會被我視爲偶像的人對面，還和他做了一樣的動作，光靠這點我就有充足的理由和李敬揆代表合作了。

親手將自己的原著改寫成劇本的樂趣和困難

已故的金鍾學製作人是韓國電視劇界的傳說級人物，聽說他曾在某次演講中說過：「你的作品不必讓所有人都滿意，重要的是要遇到一位認可你作品的人。」

的確如此。這四位望遠洞可憐男子的故事作爲電影劇本策畫時，我沒得到任何人的認可，但出書後卻出現了比誰都強烈認可這部作品的一個人。我和李敬揆代表簽下了版權合約。

李代表提議由我來親手編劇本，寫小說時我已充分詮釋過作品了，所以當時我想，連劇本都非要我來嗎？我詢問了稿費，然後編劇欲望激增的我就決定親手來寫劇本了。我們同時簽訂了版權合約和劇本合約，這代表我有了一大筆資金，多虧了這筆錢，我有一段時間不需要擔心生活問題，可以安心寫作。只有賣過版權的人懂得簽下版權合約是多棒的事，因為能用其他方式運用目前的資產；自由工作者需要耗費自己的時間工作才能拿到錢，而賣版權則是運用已經完成的作品來賺錢。

我從故事大綱開始重新設定。原作小說是角色的饗宴，並沒有特別的電影情節，所以要從主情節開始重新設定。我和李代表、權製片在紫陽洞的電影公司辦公室，從結構到情節全盤地討論，先達成基本方向的共識，我就寫下大綱，完成並讓大家確認後，再重新升級修改故事。因為我正在修改的是自己的小說，過程既神奇又難堪。在CJ娛樂當開發編劇的時候，我處理過不少有原著的作品，每次我都會抱怨，原著作者的意圖是什麼？這角色為什麼這樣？但我現在絕對不可能這樣想了。

將小說改編成劇本時最難的就是內心的描寫。小說能用全知視角來描寫角色的內心，但劇本需要在視覺上展現一切，所以要用行動和臺詞來表現角色的內心（如果你問我能否用旁白手法表現角色內心想法，我會說你並不是王家衛）。然而《望遠洞兄弟》是第一人稱小說，內心的描寫占比很重，一切都以主角英俊的視角發展，因此改編起來就有難度。好在角色的活動範圍是八坪大的屋塔房，還有出門才會遇到的望遠洞，因此可以把角色聚集在一起，透過他們之間的對話與爭執來創造矛盾與爭端，這樣就能推動故事前進。

二〇一四年夏天完成初稿，中秋節前完成二稿。也許李代表此時就有預感了，李代表提議爲選角稿做「scene by scene」❷的工作，之後每週一次，我們都會聚在紫陽洞辦公室，面對面逐一檢查並修改每句臺詞和每一場戲。此時，我能近距離看到既是電影製片人又是企畫製作人的李敬揆，他比我之前遇過的人情電視劇或喜劇類型的企畫製作人反應更快，更有創意，且擅長與編劇合作。他有時會把糾結成一團的戲整理成一句臺詞，還會提議各種想法讓角色更突出。

從編劇的觀點來看，如果製片人要的東西太多就會很難整理。如果製片只希望編劇自己看著辦，也會讓人感到很可惜。但他就像編劇同事一樣，和我一起檢視場景、編排、臺詞與動作，甚至連舞臺提示的細節都會跟我一起檢查，並提出自己的想法，這對編劇眞的很有幫助。而且即使電視臺拍攝的行程繁忙，他還是會迅速給我回應，密集地進行scene by scene工作。有趣的是，我開完會整理好修改事項後，回到家若想休息打開電視，他就會出現在節目上，一轉臺他又會出現在其他節目裡，電視上的臉和白天他在辦公室對我說「就麻煩你修改了」的表情會重疊在一起，我只好馬上關掉電視投入工作。

---

❷意思是逐一檢查劇本中的每一場戲，是投資方審讀選角稿之前的最後階段。

十月底左右劇本工作結束了，我們一起聚餐慶祝，一邊分享各種電影相關的話題，眞的很開心。他是我景仰的明星，又是電影人同事，和他一起一步步地完成一部作品，我眞的感到很自豪。

美國天才電影導演保羅・湯瑪斯・安德森說，如果孤獨襲來他就會寫劇本，因爲寫好劇本後大家就會聚在一起把劇本拍成電影。那編劇會怎樣呢？寫完劇本投資的稿，接下來編劇能做什麼呢？已經沒有編劇能做的事了。現在製作人和製片會帶著劇本，去尋找合作的演員、能導劇本的導演和投資者，而編劇送出了自己寫好的作品後，就在孤獨與空虛中顫抖。編劇會時而擔心時而著急，不知道有如自己親生孩子的作品在被拍成電影前，還要經歷多少艱辛的旅程。然而編劇也不能什麼事都不做，作品就像孩子一樣，以自己的方式成長，必須相信這個孩子，然後再寫出新作品。編劇只能用新的創作削減對前一部創作的擔憂，對於寫作中毒者而言，這才是合適的生活方式。而我已經開始準備寫我構思好的第二部小說了。

兩年後我看到了李敬揆新推出的綜藝節目，概念是和姜鎬童在鄰里間四處走訪，和鄰里的人分食一頓飯。他們第一個挑戰的鄰里就是望遠洞，節目中他提到了小說，他說自己準備要把《望遠洞兄弟》拍成電影，在製作劇本時也曾經想來望遠洞看看。那集節目我看得津津有味，他和我在劇本中一起寫出來的街道和人們一一登場。因爲是節目的首播，所以他們沒有分到一頓飯，但是在望遠洞巷子裡穿梭的他就像我電影裡的主角一樣。我們想捕捉到在望遠洞常見的人，以及他們的平民形象，而我們的夢想也寄託在那裡了。

另一方面，二〇一三年秋天，某劇團來聯絡我，他說他是經營 Cecil 劇場的金民燮代表，想將《望遠洞兄弟》製作成舞臺劇。我告訴他目前正在簽訂電影版權合約，之後才會考慮是否要簽舞臺劇版權合約。Cecil 劇場不就是市廳一帶知名的劇場嗎？雖然我也覺得要是能搭一個屋塔房舞臺讓演員在上面玩的話好像也不錯，但我很快就忘了這件事。

二〇一四年賣出電影版權之後，金民燮代表再次聯絡我，五月初我和出版社代表一起和他見面，他野心勃勃地說要以夏季開演爲目標來籌備演出。我很驚訝，現在是五月耶，你打算在七月開演嗎？我接著問他，雖然我不太懂舞臺劇，但這也太趕了吧？金代表一副泰然自若，他說原作很適合改編，所以五月內劇本就會出來，在改編劇本的時候已經選好的演員們就先讀小說，劇本出來後馬上開始練習，所以七月就可以登臺了。我還是聽得頭昏眼花，但我決定相信他那充滿自信的態度。

五月底劇本眞的送來了。當時我還正在絞盡腦汁地寫《望遠洞兄弟》的電影劇本，但舞臺劇的劇本還眞的一個月後就送來了，我覺得既荒謬又羨慕。演員兼舞臺劇編劇李瑞煥改編的劇本還不錯，是眞的很不錯，好像把小說打包搬進舞臺劇這個新家裡的感覺。原來這樣也能成功啊！我迫不及待地想看舞臺劇演出，對金代表和劇團的期望也越來越高。

七月十八日，我正在寫劇本，舞臺劇《望遠洞兄弟》的首演在Cecil劇場登臺。這和看到我自己寫的電影又是不同的奇妙感受，該說這就像新概念的4D電影嗎？我寫的角色們在眼前跑來跑去，他們指手畫腳地吵架，喝了酒，又哭又笑地打滾。我明明就知道台上的屋塔房只是搭建的舞臺而已，但我也想跳上去大鬧一場。當然爲了顧全原著作者的面子，在慶功宴上我也只是穩重地向演員們敬酒而已，但其實我希望他們知道，我心裡是想和他們一起在舞臺上翻滾的。我反省了一下我對金民燮代表一時的懷疑，他憑著驚人的反應力與推動力，讓執行迅速、演出精采。我想要對洪賢宇導演、諸子百家劇團的李動京代表和團員們表達無限的感激。

那年夏天，我每週都帶著認識的人去Cecil劇場，一開始是爲了看所有由雙演員在不同場次輪流登台的角色，後來我發現舞臺劇越看就越覺得新鮮。透過舞臺劇我不僅看到了我所不知道的另一種望遠洞，同時也明白作品最終不是作家個人的，而是所有讀者的，而且在讀者吸收的過程中作品又會再擴張。當作家重新接觸到擴張的部分，就能學到要以謙虛的心更深入挖掘自己的作品世界。

舞臺劇《望遠洞兄弟》現在已經是屬於大家的作品了，而這個作品的主角永遠都是演員，我永遠不會忘記藉這部作品認識的演員們。

如何以原著作者的身分欣賞舞臺劇

燈一亮，兩個男人走上打造成屋塔房的舞臺。手提塑膠袋的金部長拖著沉重的步伐走過來欣賞屋塔房前的風景，英俊隨後吃力地放下一只移民用大行李箱。金部長開玩笑說自己好像來朋友租屋處玩的大學生，還說移民去加拿大時早已把房子處理掉，現在無家可歸，希望能讓他在這裡一起生活。就在英俊猶豫不決的時候，金部長從塑膠袋裡拿出燒酒，痛快地乾了一杯，露出一副可憐的表情。英俊無可奈何地答應，從此兩人就開始同居了。

這是舞臺劇的開頭，此時觀眾們還只是憐憫地看著兩人。隔天早上屋主超人爺爺來威脅金部長，超人爺爺說金部長還是要繳一點房租，不繳的話就要趕他走。目前爲止，觀眾們都還覺得很平常。接下來英俊的漫畫師父登場，他躺到戶外木製涼床上，這時觀眾才正式開始投入劇情。繼金部長之後，更誇張的無賴滾進這狹小的屋塔房，正當英俊感到荒謬時，超人爺爺又再度登場。

觀眾們知道超人爺爺對金部長很苛刻，於是便開始好奇強大的超人爺爺會如何與看似超級無賴的師父交手。超人爺爺和師父的一番鬥嘴帶給觀眾許多歡樂。演員們就像拿出各自擅長的武器來對決一樣，大肆展現演技。勃然大怒的超人爺爺、熟練地反擊的師父、夾在兩人之間看人臉色的金部長，還有戰戰兢兢的英俊，這四人協調地互相搭配演出，觀眾們則是更自在地沉浸在屋塔房的騷亂中。

舞臺劇看了無數次，現在我會觀察觀眾的反應。當我看到觀眾沉浸在角色中，自然地習慣劇情，理解導演的意圖，或是因某些特定臺詞而瘋狂，我都會感到幸福。我寫的小說改編成舞臺劇，帶給觀眾歡笑、心酸與共鳴等，這都讓我覺得劇場眞的無比珍貴。

舞臺劇於二〇一四年七月在Cecil劇場首演，演出了一個多月。那年秋冬移師大學路的某劇場繼續演出。二〇一五、一六年的夏天在麻浦藝術中心演出。二〇一七年初組織了「望遠洞兄弟合作社」，並在大學路的「惠化藝術空間」，以Open Run❸的形式

---

❸不訂定表演結束日期，持續進行演出之意。Open Run與提前確定演出時間的「Limited Run」概念相反，Open Run的演出時間會根據票房表現而定，演出時間可能持續幾個月或幾年。

演到當年年底為止。這樣的發展真的很驚人。身為原著作者，我對於今年有沒有演出、能否演出總是抱持著擔心與期待，但舞臺劇每年都活力滿滿地登臺演出，常常出現在首都圈以外的舞臺上。舞臺劇的收益並沒有很高，甚至有時會虧損，然而他們還是繼續堅持著，這就是《望遠洞兄弟》想表達的「即便過得很慘還是會繼續過日子」的崇高精神。《望遠洞兄弟》舞臺劇以演出體現了這樣的精神，因此我要向這齣劇的所有相關人士表示敬意。

最重要的是，每次聽到演員們說喜歡《望遠洞兄弟》的演出時，我都會感到十分欣慰。聽說有很多演員看完同事的表演後，表示希望能參與下一次的演出。正因為有演員們不斷參與表演，舞臺劇才得以持續演下去。我無比期望這齣劇能成為很多演員的舞臺，讓演員們能藉著這齣劇而成長。首演到現在已經是第七年了，當演過《望遠洞兄弟》的演員出現在電視或大銀幕上，我都會感到無比高興與欣慰。

演員申淡秀飾演第一代的英俊，他穩定的演技讓這齣劇感覺更穩。對我而言他是「第一代英俊」，只要想到他我就會很開心。在二〇一七年吸引千萬觀影人次的《我只是個計程車司機》中，他以光州計程車司機的角色登場，和演員柳海真一同展現令人印象深刻的演技，我相信他的表演很快就會受到更多人認可。

演員宋英才以第一代超人爺爺的角色掌控整座舞臺，他已經是活躍在電視和大銀幕的中堅演員了。身爲望遠洞兄弟中的大哥，他不僅懂得穩住舞臺劇的重心，在望遠洞兄弟合作社也扮演重要角色，是正港的「超人」爺爺。

在這部男人們的故事中，男人占據了畫面，甚至連作品名稱都是「兄弟」，但還是有善花這個主要的女性角色。演員們用幹練又惹人喜愛的方式完美消化這個角色，一想到她們我就覺得很揪心。即便劇場內外的環境稍有不愼就會很難融入，演員們還是毫不猶豫地完成了自己的工作，確立了自身定位。如果要我重寫《望遠洞兄弟》，我甚至想讓善花來當故事主角。透過觀賞舞臺劇，我學到了很多關於女性角色的事。

某次我慫恿一位飾演三裝童子的演員，問他之後要不要演英俊的角色。當時那位演員羞澀地笑說要是能演英俊就好了，幾年後我看到他眞的演到英俊這個角色。雖然這只是我隨口提的建議，但他卻眞的拓展了自己演出的角色範圍。

看到師父的角色，我的內心總會波濤洶湧，好像必須吞下一口燒酒才能壓抑住那份激動。我認爲《望遠洞兄弟》就是英俊和師父的故事，雖然其他角色可能會覺得有點難過，但我想透過英俊和師父的故事描繪出老師與弟子、前輩與後輩、導師和門生之間的關係，同時我也想描繪出上一代和下一代在艱困的世上共同苦撐的關係。多名演員熱情地演繹師父的角色，從第一代的演員李尙勳與已故演員車民鬱，到飾演師父角色最久的演員盧眞元，每位演員都很厲害，表演得相當精采。他們挖掘出屬於自己的瘋狂之氣，用全身全心飾演這位令人無法抗拒的酒神角色，讓觀眾沉浸其中。

藉此機會，我要爲去年年初去世的演員車民鬱祈求冥福。他是實際外貌與師父這個角色最像的演員，記得當初我給車演員看盧老師的照片時，他嚇了一跳，他很開心地表示他自己留長髮就是那個樣子。他熱愛自己所飾演的角色，並因爲自己與角色長相相似而開心。演員好像就是這樣，在角色中發現自己，然後用全身演繹自己展現給大家看，最後升上天堂。在此再次爲在舞臺上盡情玩樂的車演員祈求冥福。

二〇二〇年夏天，《望遠洞兄弟》也一如既往地搬上舞臺，在大學路的 Good Theater 演出，一場觀眾限定三十名。雖然座位要一個個隔開坐，但在演出的兩個小時裡，整座劇場充斥著演員的表演熱誠，還有醒酒湯、燒酒、啤酒、泡麵的味道，這些不都是生活的味道嗎？這些味道刺激著觀眾的胃口。看著有人寫心得文表示表演結束後會馬上跑去餐廳吃飯，我不禁點頭同意，我也是看完劇後耐不住飢餓在大學路上逛。有些眼睛很亮的演員會發現隱藏在觀眾席中的原著作者，於是當我坐在餐廳小酌時就會收到訊息：「您今天來看表演了吧？在哪裡呢？我卸完妝馬上就過去。」我會懷著雀躍的心情等待著演員到來，接著就和來找我的演員們乾杯，然後再把餐廳變成一座舞臺。

我有個樸實無華的夢想，就是在望遠洞視野好的地方建一座大樓（還眞樸實啊）。

大樓的地下室有演員的練習室，屋頂則開放成舞臺。屋頂舞臺每晚都會變身成爲屋塔房來迎接觀眾，而演員則以望遠洞的晚霞爲背景，化身爲英俊和金部長。表演結束後，觀眾和演員全都從屋頂走下去，這樣故事就收尾了。我希望演員不用擔心自己的表演舞臺，我想看到他們在最適合這個故事的望遠洞屋塔房上演戲，我想守護這些演員們。

爲了實現我這個樸實無華的夢想，請各位讀者多買一點我的書，成爲同時支持韓國戲劇界和出版界的文化活動贊助者。❹

❹ 編按：《望遠洞兄弟》中文版於二〇二三年十一月由寂寞出版社發行。

第六章

工作記：今年寫小說，明年寫劇本

如果幾個黑色痕跡印在白紙上就能讓人又哭又笑，
那不就是有用的笑話嗎？
所有優秀的故事都是能讓人一再上當的偉大笑話。

——《巴黎評論·作家訪談錄》第三輯，
由寇特·馮內果等人編輯

寫第二本小說

我看過一句話說：「寫第一本小說還行，但寫第二本小說完全是另一回事。」

任何人都能把自己人生的一部分重塑成故事，創作出一部小說，然而要繼續做這件事就需要另一種勞力，因此我同意這句話。對於要寫第二本小說的我而言，無以名狀的不安就像不知不覺間染上的感冒一樣，正在折磨著我。

二〇一四年深秋，《望遠洞兄弟》的劇本工作結束了，如前面所說，我透過賣電影版權和劇本工作的稿費來賺取時間，把寶貴的時間集中用在寫第二本小說。我想在第一本書出版後的兩年內出版第二本小說，因為我常感到焦慮，很擔心讀《望遠洞兄弟》讀得很開心的第一批讀者會忘記我。

已經煩惱完要寫什麼，現在只要煩惱該怎麼寫了。然而，即便我已經寫了十多部劇本，跨越過無數截稿的難關，我終究只是一位新手小說家。事實是我感到非常困惑，不知道該從哪開始，不知道該怎麼開始。經過深思熟慮，我決定進駐文學館，我想在文學館裡以最快的速度專心寫完初稿，再一步步慢慢修稿。我的出道作品是在寫劇本的空閒時間，用打游擊的方式寫出來的成果，我不能把這當作正常的寫作模式，這次我想養成更有系統、更專注的長篇寫作習慣。

四年前我開始構思第二本小說。我曾在熟人的骨灰罈前冒出想要讓他自由的想法，於是開始想像偷走骨灰罈逃跑的人。如果偷骨灰的人是彼此的情敵會怎樣呢？如果骨灰罈裡的人是他們曾經共同深愛過的人呢？幾段想像就這樣接上線，變成「可寫的發想」。然而四年前我連《望遠洞兄弟》都還沒開始寫，只是想完成一部像公路電影般的故事而已。

成爲小說家後，我在考慮第二本小說要寫什麼故事，而這個點子就突然閃現，並快速地勝過其他候選的故事。我一直拖延寫作時間，但儘管如此，構想仍在持續進行。寫劇本時，我會突然冒出第二部小說的創意，想到角色該去哪裡比較好、怎麼吵架比較好、要處理怎樣的情感比較好……就像拼拼圖一樣，故事的碎片也會在我夢中浮現。

當上小說家的好處就是可以利用文學館，文學館基本上是提供在文學領域出道的作家使用的，會提供個人工作室和食宿，給作家實質上的幫助。問題是身爲一位新手小說家，我直到年底才在找要進駐的文學館，我不知道大部分的文學館都會在年初招募好要入駐一年的作家。我查了包括土地文學館在內的著名文學館，但報名都已經結束了。絕望之際，我最後查了曾坪郡「二十一世紀文學館」的首頁，勉強鬆了一口氣。這裡每季都會招募進駐的作家，他們恰好在招募於十二月十五日到隔年一月三十日這四十五天期間進駐的作家。

我急忙申請入住，彷彿不能進駐這裡我就無法寫出第二本小說一樣，戰戰兢兢地等待結果。不久後我幸運地被選爲進駐的作家，就像第一次去畢業旅行的國中生，我這位新手小說家翹首盼望著首次進駐文學館的那一天。終於在十二月十五日，我從江南高速巴士轉運站坐上開往曾坪郡的客運，前往二十一世紀文學館。我帶著筆記型電腦、幾套衣服、慢跑鞋，還有整理成十頁左右的第二部小說大綱。

曾坪邑是全國最小的邑，從中心區域步行四十多分鐘，就能看到國道旁的三層樓建築出現在軍人公寓與農田間。院裡積著一些幾天前下的雪，我經過耀眼的庭院來到了文學館。我被分配到七間工作室的其中一間，感覺很踏實，也很神奇。在東仁川時期，我用一間房間當作工作室，感覺很悶，於是經常去咖啡廳寫作。但咖啡廳不太適合我，我又很在意花費，最後還是放棄了寫作。搬上去首爾後，雖然經常進駐由首爾影像委員會經營、位在上岩洞的劇作家區開放寫作室，但那裡並不是完全屬於自己的空間。雖然跟我有交情的電影公司常表示願意提供辦公室空間給我，不過在那裡寫作會有無形的壓力，感覺寫出來的東西要先給電影公司看，所以我常常拒絕。總之，雖然當全職作家已經第十年了，要得到一間工作室卻不容易。

然而我還是擁有了完全屬於自己的工作室。這是一間有陽臺和浴室的房間，還配有書桌、床、床頭櫃、衣櫃、晾衣架、檯燈、小型冰箱、電熱水壺等。由工作室所在的二樓往下走一層樓，還有間小型圖書館，我能坐在那裡的沙發上盡情閱讀。經過庭院走去餐廳，還能在指定時間免費享用正式的三餐。總之在這裡我什麼都不用管，只要寫作。我很驚訝世上竟然有這樣的天堂，多虧我出道成爲了小說家，才能獲得「寫作天堂」文學館的入場券。

來到文學館還有一件好事，就是能遇到同事。出道後我沒什麼機會能見到作家同行，除了在世界文學獎頒獎典禮上見到「同期登上文壇」的作家之外，我沒有跟其他作家交流，也沒有誰會特別來找我。不過來到文學館後，我發現這裡既有詩人也有舞臺劇作家，有像我一樣的小說家，還有繪本作家。

有趣的是，我第一次來到這裡的時候是四十二歲，我以爲這個年紀應該去哪都不會比別人小了吧，但是第一晚的聚會上，竟然就已經很難找到比我年輕的人。果然，我是這裡的老么！於是我發揮老么的精神問了很多問題。前輩們對於進駐文學館都很有經驗，寫作履歷也都很華麗，他們給了我很多有幫助的有趣資訊。記得在那年的最後一天，大家湧入曾坪邑中心買菜，一起舉辦溫馨的年末聚會。

在文學館裡，我每天寫作十小時，初稿就是要很無知地寫下去。去文學館前，我在日曆上標記計畫好的工作進度，我要寫完一百二十頁A4紙才能達到長篇小說的分量。因為我打算一定要在曾坪寫完初稿，所以一天的目標是三頁A4，三頁乘以四十五天，一百三十五頁，沒問題。我認為之後再修改成一百二十頁也不會是不能用的初稿。

一天一定要寫完三頁，於是我每天就像想破頭般盯著螢幕，反覆寫好刪掉，再寫好刪掉，寫十小時。感覺到頭很燙、身體變沉重我就會離開工作室，在吹拂著冬季冷風的曾坪原野上一遍一遍地走，然後再帶著邊走邊想到的東西回到工作室重新寫作，實在是既無聊又累人。如果有一天沒寫完三頁，第二天就會補上，如果第二天無法補上的話第三天再補，再不行的話就第四天。運氣好的時候還可能一天寫五頁，這天我冒著風雪走到邑中心買啤酒，回來大口大口地喝著啤酒，沉浸在幸福中入睡。

二〇一五年一月底，我終於完成了目標中的分量，我獲得一百三十頁A4左右的粗糙初稿，隨之也獲得了頸椎間盤突出。本來腰椎間盤突出就是我的基本配備了，但頸椎間盤突出的痛我還是第一次經歷，我完全振作不起來。就在要離開文學館與初稿截稿的五天前，我的右手食指傳來刺痛感，好像我喊一聲指尖就能施展念力一樣。一開始我以為是無線滑鼠的電池漏電了，但手指上的刺痛感逐漸上升到手臂和肩膀，不知何時開始脖子就痛到好像快斷了。然而離退房與初稿截稿已經沒剩多少時間了，我無知地貼上藥布撐了過來，結果我的右手臂幾乎痛到無法使用的地步。

退房離開文學館，回到首爾時，我沒辦法低頭，手臂也不能動，只能躺著。隔天去醫院一看，果然是頸椎間盤突出。醫生說我要接受治療，而不是動手術，我聽從建議去韓醫院做了徒手治療，包括牽引、艾灸、汗蒸等多種治療，非常痛苦。兩個月的時間裡我就這樣一直做復健。雖然我想盡快改好二稿，但又不可能寫，因爲我不能寫作，腦中的想法就複雜了起來。再這樣下去右手臂會不會完全麻痺無法使用？即使恢復了也會復發，那麼靠堅持的意志挺過作家生活的我，能用這副無法撐下去的身體做什麼呢？擔憂一累積起來我的心就開始動搖了，害怕無法出版第二本小說的恐懼向我襲來。我就像擔心即將因傷引退的運動員一樣，憂鬱地躺在水踰里家中的床上迎接那年春天。

體力勞動的寫作

小說家金英夏在自己的短篇〈玉米和我〉中如此定義了小說這項職業：

「小說不像大家的想像，小說是非常倚靠身體的東西，心臟一跳動，心就會服從了。我們的身體不同於詩人和評論家，我們是文壇的海軍陸戰隊、體力勞動者、肉鋪的老闆。」❶

我已經體會到這段形容的厲害之處，所以我成爲眞正的小說家了嗎？我已經以體力勞動者的姿態創作了小說，所以我現在擁有小說家的身體了嗎？我不知道，我只知道

❶出自金英夏，《只有兩個人》。

我的身體已經累了，完全累垮了。

過去十年，我坐在椅子上，把頭埋進筆記型電腦，像機器一樣寫作。但我並不是機器，僅憑對自身體力與身體的信任，我無知地利用它們才能走到今天。然而我不能繼續如此，就如同時間與金錢一樣，人體也是有限的。在頸椎間盤突出之前，我完全無法理解使用筆電支架的人，但現在我好像懂了，因為我無法低頭，現在別說寫作了，我簡直什麼事都做不了。頸椎和腰椎的椎間盤突出就像定時炸彈，一直在我的背後閃爍著警示燈，提醒我要珍惜能寫作的時光。

我必須買筆電支架和昂貴的頸椎枕，還要改變生活與工作的習慣。同時，我重視的「評測人員」也給了我建議，他們對初稿的反應很差。幸好我有兩個月的時間沒辦法寫作，我只能把時間花在思考他們給的建議上，這些建議成了我的養分，而時間成了我的良藥。過了三個月左右，我的身體好多了，手臂恢復正常，彷彿不曾生過病一般，甚至好到讓我為之前的事感到委屈生氣。此後，我只要一有頸椎間盤突出復發的徵兆就會停止工作，然後跑去減肥，因為體重超重的話，脊椎的壓力就會更大。

幸好在曾坪二十一世紀文學館的期間，我找到了新的工作室。朋友徐眞君介紹「王子飯店濟州寫作室」給我，濟州是我這部小說的主要背景，為了這部小說，這是我一定要進駐的地方。我在申請書裡表示，目前已完成初稿的新長篇小說背景就在濟州島，所以寫作時要再詳細地取材，而且我已經和出版社簽好了合約，二〇一五年一定會出版這本書。寫申請書時，我會盡力寫下我最強的意志、興趣與熱情，寫到讓評審們覺得要是他們不選我的話我應該會生病。要是不這樣寫，獲獎與作品履歷都很少的我又怎麼能被選上呢？對作家來說最重要的是什麼？靈感？素材？時間？健康？金錢？我認為對作家來說最重要的是「能夠安穩創作的環境」，自己打造寫作的環境也算是作家德目之一，而這也是寫作的起點。

幸好王子飯店提供了濟州的寫作室，入住時間是四月十五日到五月底，又給了我一個半月的時間。四月十五日，我將畫滿記號的初稿和記下修改方向的新大綱、頸椎枕、筆記型電腦、筆電支架全裝進行李箱，登上了飛機。能在小說的背景地點獲得一間工作室，我實在是太高興了，甚至乾脆放棄之前就想吃的海螺刀削麵，一下飛機就直奔工作室。

工作室位於西歸浦南元山間的橘子園中，環境寬闊又優美，結構就像度假小屋，寬敞的空間有著視野好的露臺，還有綠草如茵的庭院和黑色石牆，天氣也是濟州居民口中「濟州最棒的春天」。沒錯，如果沒有截稿日的話，這裡就是天堂。

在「天堂」裡，我為了趕截稿，又重新開始工作。因為我要小心頸椎間盤突出，所以工作一小時左右就一定要起來做伸展運動或是到橘子園散步，然後再回到書桌前坐下。我一天只工作五、六個小時，下午去一趟西歸浦市區或附近的公泉浦海邊。這次的工作室沒有提供食物，所以我會買菜回來簡單做個晚飯，晚上看著黑色的漢拏山，喝著透明的漢拏山燒酒。轉眼間四十五天就這樣過去了，帶去的初稿被我又煎又炒，拌打搓揉，擰過再醃漬，然後發酵。我在小說主要背景的公泉浦海邊、南元、思連岳林與朝天一帶寫作，並走上小說中最終場景的多羅非岳，在蘆葦間構思完故事的結局。

入住期間快到尾聲，故事即將成熟，濟州島也迎來了炎熱的天氣。四年前的想法經過長時間的構思，而後再頂著頸部的傷硬是創作了六個月，終於寫完小說。從曾坪冬季的原野中展開的寫作，就像我故事中的旅程一樣，走過了許多地方，最後在濟州結束。五月的最後一天，我在自己設定的截稿日當天將稿件寄給出版社，而同年秋天，這本書就出版了。一看到書我就想起當時的情景，下著雪的曾坪冬季原野，那時我走在田間小路裡尋找著故事的出路，那個冬天比濟州耀眼的春天淒涼寒冷，我在樸素的單房工作室裡獨自忍著脖子的疼痛寫作。

曾是情敵的兩個男人，在情人韓在妍過世後的第一個忌日偶然相遇，他們偷走裝著她遺骨的骨灰罈逃跑。因為在妍喜歡旅行，她比任何人都更想活得自由自在，他們覺得在妍被困在狹窄的靈骨塔裡一定會很鬱悶，不如就讓她自由吧。然而他們倆毫無計畫的結盟從第一步開始就出現分歧，想獨占在妍骨灰罈的自私心態不斷高漲。

作者用他獨特的幽默感與歡快的能量，生動地描繪出兩個男人的不和諧之旅，這兩個男人除了曾在不同時期愛上同一個女人外，並沒有其他共同點。前女友未能實現夢想且年紀輕輕就去世，在她的忌日抱著她的骨灰前往她生前喜歡的地方，這是一種諷刺。而這趟旅程卻要和性格南轅北轍的傢伙爭吵著一起度過，這股不協調的氛圍讓小說變得有趣、溫暖、感人。

金浩然的第二部長篇小說《情敵》一出版就獲得了火熱的反響，繼《望遠洞兄弟》之後再次登上暢銷排行。出版業不見底的蕭條泥潭中《情敵》獨自崛起，在兩個月內就突破了十刷，在被外國作家霸占主導地位的小說市場上守護住韓國小說的尊嚴。現在前幾大電影公司正激烈地爭取版權，日本的講談社、美國的藍燈書屋等國外出版社也正在要求購買版權……我原本是想要這樣寫的。

我以爲新作會不亞於第一部小說，說不定表現還會更好。當初我對《望遠洞兄弟》沒抱太大的期待，但也許正是因爲第一本的表現超乎預期的好，我對第二部小說滿心期待。《情敵》的表現不符新手小說家不懂事的期待，在出版後的一個月就從書店的櫃檯上消失，從此就很難再被放回架上或被找到了。報紙和雜誌上連一句報導都沒有，評論也明顯比第一本書少，當然書的銷量也不好。讀者的反應好壞參半，有人的評價是，這部作品比前作糟糕，也有人說故事的焦點比前作更加突出。熟人的評價也各不相同，有人說作品跟我很像所以很棒，也有人說我應該要寫和《望遠洞兄弟》類似的故事，還有人說我的故事太電影化，不像小說。我只能接受所有的結果。❷

我必須撐下去。第一本書的版權賣掉後我可以寫下一部小說，但第二本書沒什麼收益，無法確保寫下一部小說的資金，眞是滿腹辛酸。我很開心能成爲出版第二部小說的作家，但能否寫出第三部小說卻成了未知數。最重要的是，我在出版這本書之後就結婚了，因此我需要從事收入更穩定的工作。於是我又寫起了劇本，但我無法確定何時才會再次寫小說。

❷編按：這部小說《情敵》已在二〇二三年改編為舞台劇，中文版將於二〇二四年由寂寞出版社發行。

好電影

二〇一四年初，一個陌生的號碼打來，聲音很平靜。

「你好，我是電影製片金美姬。」

我當然知道這個名字，但我感到很慌張，語無倫次地結束了這通電話。金美姬代表說她透過出版社取得我的聯繫方式，並表示她讀了《望遠洞兄弟》，覺得很有趣。該怎麼說呢？我內心感到既驚奇又感動，好比你一直遙望某人，而對方卻突然先主動搭話的感覺。

金代表經營「好電影」電影公司，製作了《火上加油》《新羅月夜》《無血無淚》《老師你好》《血雨》等電影，都是我們這一代人愛看的優秀商業片。之後金代表又以Sidus Pictures代表之一的身分，參與了數十部電影製作，是電影圈的老手，而我也希望有天一定要把劇本交到她手上。二〇〇八年，某提案活動結束後，我曾寄出《知名教練白大日》的劇本給當時見到的 Sidus Pictures 內容開發組，我希望劇本能轉給金代表看，結果卻被內容開發組退回了。也就是說，我不夠格提供劇本給金代表，也不能拜託金代表讀我的劇本，所以她親自打電話給我，我當然會嚇到。

我在弘大的某家咖啡廳跟金代表見面，言談間我不知不覺地一一對她傾訴我在電影圈的經歷，彷彿在告解。而她就像早已認識我的前輩一樣，仔細地聽我講故事，減輕了我的尷尬。之後我雖然決定要和金代表合作，但因爲還要寫《望遠洞兄弟》的劇本與新小說《情敵》，工作就一直被延後，直到頸椎間盤突出的狀況好轉後，我才去她的電影公司 Studio Dream Capture 找她。電影公司在《捉迷藏》上映後，正在積極製作新作，金代表提議讓我改編一部正在開發的劇本。其實改編比原創更累人，即便如此，我還是想要跟她合作。我即將要結婚了，還要賺錢，所以就簽約參與這部作品的創作。

反正寫劇本就是要重寫、改寫、和別人一起寫。如果我們說小說是一個人寫的，那麼劇本就是要確保能得到更多的共鳴與可能，必須經過多重驗證，只有製片、導演、製作人都同意才能寫。雖然這樣有時會扼殺個性，但唯有如此才能產出所有人都能接受的故事，加入自身色彩並強調細節是下一個步驟。當然在開發作品時也可以把作家的個性與中心思想作爲故事的核心，寫完後再找尋有共鳴的地方，但我知道在商業電影中前者比較有效率，而和老練的金代表合作時，我們也是依照這個步驟逐一進行。

劇本改編工作在當年的晚秋左右展開，直到我婚禮的前兩天才完成。我竭盡全力用上了所有的寫作技巧完成第三稿，寄出稿件後休息一天馬上就要舉行婚禮，所以我也算是個工作很多的人。在截稿前一週我就收到交三稿十天後才會入帳的尾款，爲此我想要特別表達感謝。金代表說，結婚有很多事都要花錢，所以提前匯錢給我，請我確認帳戶。我遇過很多延遲匯款或被賴帳的情況，但提前收到尾款還是第一次。

蜜月旅行回來後，我去拜訪金代表想打聲招呼，當下她提議要改編下一部作品。可能是因爲《情敵》的表現不佳，我必須馬上找到新工作，所以我一下子就答應了。於是那年我在金代表的公司裡就改編了兩部劇本。多虧有這份工作，結婚後我沒有馬上失業，可以繼續以編劇的身分過活。之後金代表在二〇一七年再次聯絡我，這次則是要從頭合作開發公司正在企畫的案子。我完全沒考慮就決定加入，這個構想很好，而我也很高興能再次和她一起合作。我努力查找資料、企畫開發，隔年春天就能共同寫完原創劇本了。

和金美姬代表合作時，我能感受到她對創作者無比的尊重。會議總是充滿可能性，創作者可以提出任何意見。而且我們看待電影的方向是一致的，無論是金代表還是我，都覺得要優先考量能帶給更多觀眾共鳴與快樂的商業電影，並朝著這種風格與節奏的方向努力。多虧有金代表，之前我因其他製作人所積累下來的許多偏見與傷害都被治癒了。老實說我從事電影工作時遇過不少糟糕的製作人，有人只顧著說自己的構想，把編劇當作只會聽寫的人；有人一開始還懂得尊重，但只要事情不順，他就會像早有預謀一樣把責任推卸給編劇，不願支付尾款；還有人是本來就打算騙人。當然我只是無名編劇，所以遇到這種人也只會被忽視，還好我遇到了像金代表一樣重視編劇的製作人，才又重新找回寫劇本的樂趣和對製作人的信任，眞的是感激不盡。

二〇一六年夏天，劇本改編工作一結束我就去了大田。爲了寫第三部小說，我在尋找工作室的過程中，得知韓國科學技術院（KAIST）爲作家提供「Endless Road」住宿計畫的消息，於是我用心寫好申請書交出去。幾週後，公布面試名單的那天沒有任何人聯絡我，我打電話到 KAIST 的宣傳部，結果才發現他們已經個別聯繫過面試者。很可惜，我落選了。

然而隔週我卻接到了一通「〇四二」開頭的電話，是 KAIST 的宣傳部。聽說有位面試者沒有參加，所以他們就聯絡了下一個順位的我。我爽快地答應去大田面試，並獲選爲進駐作家，運氣眞是好。於是從二〇一六年八月十六日到隔年二月十五日，我又展開了六個月的駐村作家生活。我在行李箱放入筆記型電腦、筆電支架、頸椎枕、衣物，然後登上開往大田的火車。

REWRITE：重寫

可能已經有人猜到了，我的第一部習作小說參加完一輪全國的徵集比賽卻都失敗，而我的第三部小說《幽靈作家》就是由這部小說改編的。這是二〇〇七年決定成爲全職作家後，我在東仁川第一次寫的長篇小說，然而小說卻在韓國所有的長篇小說徵集比賽中失利，成了哪裡都用不上的爛作。寫完這部作品後，我曾經打算不再寫任何小說，然而望遠洞屋塔房的四個魯蛇男卻突然在我體內吵著要出來，於是我把他們寫成小說，並成爲小說家，眞的是「莫名其妙就當上小說家」。也許是因爲這個原因嗎？我野心勃勃創作出來的第二部小說《情敵》並沒有得到什麼反響，書賣得不好，版權也賣不出去，我有些受打擊。儘管如此，我還是很嚮往這故事中兩男一女的奇妙三角戀之旅，只是這個故事沒辦法讓我有餘力繼續寫下一部小說。

小說也跟劇本一樣，很難賣出去，大家都不再買書了。和《望遠洞兄弟》出版的二〇一三年相比，出版市場呈現急遽衰退的趨勢，因爲現在世界上好看有趣的東西可多了，像Netflix這種OTT平臺、YouTube，以及多元的網路內容，如今書籍要取勝應該已經很難了。對於生計型作家而言，在這種環境下寫小說、出書幾乎是不可能的事。

當我無限期推遲第三部小說的創作時，太太從我的原稿資料中找到《幽靈作家》，她讀完告訴我，如果能好好修改應該會是一部不錯的小說。聽到她這番話，我產生了兩種想法：一、太太的鼓勵果然有很大的力量；二、原來是要我好好改一改拿去賣，補貼家用啊。總之在太太的建議下，我鼓起勇氣仔細讀了我一度不想再碰的《幽靈作家》。

太糟了，故事設定依舊生澀，情節安排粗糙，角色寫得模稜兩可，讓整個故事變得模糊不清。不過也還不算太糟，也許是因爲我寫過兩本小說了，現在我能看到不好的部分（改稿的基礎是能判斷出原稿有哪些不好的部分），大概知道要怎麼改才會變好。

《幽靈作家》雖然跟八年前一樣，但我已經不是八年前那位想當新手小說家的人了，於是我決定修改作品，完成第三部小說。但是，正如先前提過的，在沒有任何幫助的情況下是不可能出版新書的。我決定在新出版社出新書，所以要先找到認爲我的原稿有潛力的出版社簽約。這時我想到了Wisdom House的韓秀美分社長。我在幾年前透過徐眞作家的介紹跟她碰過面，我們的關係既是同事又是朋友，但是絕對不可能光靠交情就接受作品，所以我對《幽靈作家》做了一次修改後，又加上《Ghost Writers》這個新名字，印出來寄了過去。我之所以沒有用電子郵件寄，是希望韓分社長把這部作品當作普通投稿作品看待，盡可能冷靜地讀。

不久後韓分社長就聯絡了我，開會時她表示出版社願意出版，但建議作品要做大幅度的修改。因爲我絕對沒有打算照原樣出版，所以就同意修改並達成出版協議。修改也是和韓分社長討論後才決定的，分社長不愧是資深編輯，在維持作品的大框架下，她建議調整支線劇情與角色，以及改變風格。這次經驗讓我再度深刻體會到編輯的重要性。

劇本創作中擔任編輯角色的人太多了。製片、導演、導演的朋友、製作人、製作人的配偶、導演組一、導演組二、導演組三、製作組一、製作組二……等，看得懂韓文的人全都衝上去指手畫腳，一下叫人放柿子，一下叫人放梨子，一下又要剝橘子❸。眞正的寫作並不僅僅只是寫字而已，但不受控的編輯人力和猶如吶喊般的意見顯然成了問題。相反的，在出版界編輯角色受限的情況較多，尤其是文學方面的編輯，但在某些小說上，編輯有能力把小說家變成更棒的小說家，把作品變成更好的作品。如果不這樣做的話，編輯還有什麼必要呢？

---

❸譯註：此為作者轉化韓文厘語，意指在別人家的祭祖時一下叫人放（拜）柿子，一下叫人放（拜）梨子。

協議好要修改的部分，就一口氣完成簽約了。最期待的是我們決定小說要連載在Kakao Page的文學類選單裡。大家已經不看文學雜誌或漫畫雜誌了，而是在網路平臺看網路小說和網路漫畫。我原本就想嘗試在網路平臺連載，而機會馬上就自己出現了。

但這也成了一種壓力。這是和新出版社合作的第一個工作，也是我的第一部連載作品，同時又是第一次改寫的作品。對仍算是新手小說家的人來說，這是一次不容小覷的挑戰。因此，我就像運動員在大型比賽之前要建立好訓練營一樣，不得不重新尋找工作室。

看武俠小說雜誌時，會看到主角受敵人欺負後，爲報仇而跑入深山，自己閉關修行。寫第三部小說時爲了擺脫第二部小說的低迷狀態，我也要進入深山，但我結婚還不到一年，此時的情況已和單身時期不同，現在可不能隨時收拾包袱遁隱進深山古寺。正當我在苦惱時，得知了KAIST，也就是韓國科學技術院（Korea Advanced Institute of Science and Technology）的「Endless Road」計畫，KAIST每半年就會選出三位故事創作領域的作家，在校園內提供十五坪的單房公寓，爲期六個月，每月還提供八十萬韓元的創作補助金。而進駐作家在認真寫作的同時，要規畫並執行能與學生交流的創作計畫。就是這個！我要跟老婆申請面談。

「我想要寫第三部小說，所以在想要不要申請大田KAIST的住宿……」
「然後呢？」
「但是時間是六個月。」
「老公，這就有點……」
「創作補助金每月有八十萬韓元，一進帳我就會轉四十給妳。」
「嗯……這樣不夠。」
「那妳還想要什麼？」
「KAIST在儒城附近吧？那我每個月都要南下去一趟溫泉之旅。」
「喔，好。」

幸好是在大田，大田的KAIST位於以溫泉聞名的儒城區。我太太是溫泉愛好者，她以每月去泡一次溫泉的條件，答應了Endless Road的計畫。正如之前所提的，我以候補身分當上了進駐作家。要修改的作品（草稿）、出版社、負責編輯、連載平臺和工作室全都一應俱全，我終於做好寫第三部小說的準備了。

二〇一六年八月，我結束了金代表公司的劇本改編工作，登上開往大田的火車。以前去過大田幾次，這個城市給我一種既舒適又熟悉的感受，可能因爲我的祖籍是忠清道，也可能是因爲在鳥致院上大學的緣故。韓國科學技術院是我一直覺得好奇並感興趣的地方，感覺那裡的學生和我使用的大腦完全不同，就像天才的國度一樣，很期待在那裡和學生們一起展開新生活。

八月中旬我冒著酷暑到達 KAIST 的住宿點，那個空間實在是沒辦法更優秀了。他們提供我外國教授的單房公寓，配有陽臺的十五坪空間裡一應俱全，甚至足夠與太太一起生活。但是我太太在首爾有工作，我不得不放下失望的心情，獨自享受這個空間。

入住第一天，我和 KAIST 宣傳部的人以及同爲進駐作家的兩位同事一起，吃晚餐順便開說明會。當我被問到要做什麼時，我悲壯地說我在這裡寫要連載的第三部小說，熟悉截稿壓力的他們一聽到我這樣說，就馬上舉杯安慰我。Kakao Page 的連載的確是從過完中秋節後的九月底開始，我要在九月底寄出二十集的內容，接著連載開始就要每天寄出一集以上的內容。第一集的分量大概是三頁 A4，神奇的是這跟我在寫《情敵》時給自己設定的量一樣，而這個「三頁法則」至今仍舊有效。現在這篇隨筆文章也是在一天三頁的法則下完成的。沒錯，如果你想當一位職業作家的話，一天最少要寫三頁才能勉強維持生計。

二〇一六年八月底到九月初，我整理了《幽靈作家》的修訂稿，寫完新情節大綱後寄給出版社。從九月初到中秋節前，我每天寫三頁，好不容易完成二十集的內容，在中秋節前把稿件寄給出版社，然後就去了首爾。整個中秋節我都很不安，吃不太下東西，雖然這個情況有助於減肥，卻讓我心裡很焦急。於是連假結束後，我連忙帶著岳母打包給我的各式煎餅回到大田，重新開始工作。在剩下的二十天裡，要寫完二十集。幸好之前工作的熱度還沒消散，我不用特別熱身就直接寫了下一集，優秀的工作室果然能讓作家的手指跳起舞來。

十月一日，Kakao Page 上傳了我的第一部連載作品，也是我的第三部長篇小說。八年前寫的故事走過了漫長且曲折的道路，透過小小的智慧型手機螢幕，再次展現在我眼前。

連載：每天都寫吧

大眾對連載的反應還不錯，其實是滿好的，一週內就達到六、七萬次的點擊率，順風順水。聽說讀者很多，不管是等看免錢集數的讀者還是其他讀者，我都覺得很開心。最開心的是透過眾多留言，我能立即了解讀者的反應，因爲作品正在連載，這些反應也會反映到作品中，成爲我寫作的動力。因此，我感受到了連載的樂趣，原來所謂的連載會讓作家創作時手臂變得更有力量。可以的話我想繼續寫連載，但那也只是我貪心的心態而已。連載期間生活週期都必須跟著調整，所以會非常疲憊。

如果作家要狼吞虎嚥地消化準備不足的連載工作，他的日常大概會是以下這樣：

早上起來讀一下上一篇連載作品，一投入故事裡就把昨天構思好的下一集內容寫下來。寫累了就往外跑，在 KAIST 校園內散步後，到校內咖啡廳喝一杯八百韓元的冰美式，然後再回來寫作。勉強寫了一頁，肚子餓了又跑去外面，在學生餐廳吃四千五百韓元的午餐（兼早餐）。

接著再回到工作室，埋頭苦寫。肚子很撐寫不太出來，設一小時的鬧鐘午睡，夢中想到了下一個場景。醒來想把夢裡浮現的場景寫下來，卻寫不太出來。判定剛剛的夢是個爛夢，刪掉腦中那個錯誤的場景，再次投入故事中，硬著頭皮寫完一頁。過於投入讓頭痛得厲害，於是又往外跑。

這項計畫「Endless Road」名稱的由來正是校園內最長的直線道路，順著這條路走出去，在魚隱洞的巷子裡吃辣炒年糕。一邊細嚼著辣炒年糕，一邊構思故事中反派角色受報應的場景。吃完辣炒年糕後，在便利商店買了啤酒和洋芋片，再順著Endless Road走回來。往返在這無止境的道路上，讓人累到想睡，但又因爲截稿的黑幕已降臨而遲遲無法入睡。趕緊洗個澡後打起精神來，必須重新坐回書桌前寫完最後一頁。催眠自己說寫完就能喝啤酒睡覺，便像古典制約中帕夫洛夫的狗一樣，流著口水寫完剩下的最後一頁。把稿件寄給出版社後，開了瓶啤酒喝，乾掉兩瓶後才累得睡去。

這種打仗般的截稿持續超過一個月後，自己的身心靈都很難照顧好。我不禁敬畏起以前做了幾年或幾十年報紙連載創作和連載漫畫的前輩作家，他們到底是怎麼辦到的？另外，我也想到了人氣很旺的網路漫畫與網路小說作家，原來他們是這樣犧牲自己的生活來創作連載作品，才能躍升到成功的行列，我對他們的尊敬油然而生。總之，那年秋天我在KAIST第一次連載創作，就像楓紅一樣盡情燃燒了自己的熱誠。

出道五年，沒能完成第二部小說的小說家金詩英（三十三歲，男），以幽靈作家（代筆作家）的身分勉強維持著生計。演員車宥娜（二十七歲，女）委託他代寫一篇幫助她東山再起的「特別故事」，所謂「特別故事」就是模擬車宥娜的主要日常生活，然後把故事寫得煞有其事就好。這個提議雖然荒謬，但在充足的稿費鼓舞之下，詩英寫下了宥娜的故事。不久後，她就像詩英所寫的故事一樣成功東山再起。

詩英很是驚訝，宥娜才告訴詩英，其實他是一位能與她對接的幽靈作家，這種寫作就叫做「幽靈寫作」。成為宥娜的幽靈作家後，詩英找回了從容的感覺，他打算重寫第二部小說，卻始終寫不出來。一位露宿街頭的男人接近苦惱的詩英，這位男子叫做吳鎮洙（四十八歲，男），他說自己曾是當紅的漫畫家兼幽靈作家，他提議詩英離開宥娜來和他攜手創作。雖然詩英拒絕了他，但鎮洙卻像壁蝨一樣黏著詩英不放。

詩英從鎮洙那裡得到一個祕訣，原來找到屬於自己的幽靈作家就會對寫作有所助益。然而在尋找幽靈作家的過程中，詩英卻被某人綁架，他遇上了以前打擊宥娜和鎮洙的娛樂界巨頭姜太漢。姜太漢也想利用詩英的幽靈寫作能力，詩英被關在「寫作監獄」裡，陷入不幸的命運，必須寫出陷害他人的故事。詩英想盡辦法不寫傷害別人的文句，努力想離開監獄，宥娜和鎮洙也聯合起來，想要從共同敵人太漢的手中救出詩英。

經過一番曲折，詩英終於逃離了太漢的地盤，與重聚的宥娜、鎮洙一起試著寫出能打敗太漢的幽靈寫作。此時，另一位幽靈作家登場，戰局開始擴大。詩英究竟能否靠升級的幽靈寫作戰勝敵人呢？而他自己的第二部小說會成功嗎？

《幽靈作家》的 Kakao Page 連載於二〇一六年十月中旬完結，總點擊量達到了十八萬次。出版社和 Kakao Page 在物質與精神上的支持成爲我強大的力量，雖然連載工作十月中旬就結束了，工作室卻可以使用到隔年的二月十五日。剩下的時間裡，我邊校稿連載的內容邊準備要出版的書籍，同時也爲 KAIST 學生進行爲期七週的說故事工作坊。工作坊的名稱叫做「不只科學有公式，故事也有公式」，這個工作坊是我在申請住宿時，規畫要和學生一起做的交流活動。我想和學生們分享創作長篇故事時不可或缺的部分，包括結構、情節、角色、主題、體裁等「眾所皆知的公式」，以及「我自己的公式」。儘管他們都是理工大學的高材生，但我相信其中一定有對文學和創作故事感興趣的人，如果是這樣的學生，他們就能快速吸收我所傳授的公式並寫出作品，我希望工作坊能成爲讓學生了解創作公式並成功創作的地方。

從十一月開始，十四位學員參加了爲期七週的工作坊，其中包括十二名學生與兩名教職員。他們每週來上課，課後也有作業。如果每週都寫作業，在工作坊結束時就能擁有自己寫完的故事，短則十頁，長至三十頁。

學員們很積極，在各方面都展現出智慧與個性。L君會用不遜於配音員的嗓音提出沉重的問題。L君的哥哥已經是一位網路小說家了，他也有來聽課。C君因突然改變未來的出路而感到混亂，來參加工作坊是爲了要回頭檢視自己。Y女喜歡寫浪漫愛情小說。J君在研究腦科學的同時寫了數十則短篇小說。M君因爲渴望寫出時空穿越的故事而堅決要完成寫作。P君的閱讀與寫作能力超越普通文學，讓我相當驚訝。K君雖然休學參加演員訓練課程，卻還是每週南下參加工作坊。宣傳部的負責人L也乾脆趁機以學員身分一起參加工作坊。

當然也有學生沒做作業而缺席下一堂課，因此中途退出。儘管如此，還是有六個人堅持到最後，寫完了自己的故事。這些人之中有學生也有教職員，最令人感動的是，即使在實驗與考試很多的學期末，學生們還是很努力。而且大家作品的完成度都很高，這也讓我相當驚訝。我在工作坊的最後一堂課對他們說，來KAIST獲得工作室和創作補助固然令人高興，但藉由工作坊的機會遇到了你們並與你們交流更有意義，最後我又再次意識到與人交流的重要性。聽完我的一席話，學生們鼓掌，我們在最後一堂課結束後一起去吃了炸雞和啤酒。我在KAIST堅持寫完我的作品，並和六位最會寫的作家一起喝酒慶祝截稿。

從年底到隔年二月，我一邊寫新作品的企畫案，一邊看著總統親信壟斷國政的聽證會，雖然這是很消耗精力的工作，卻沒有連載那麼難。在「Endless Road」計畫快要結束時，我感覺過去的六個月無比寶貴，作家生活毫無休息的空檔，而這段寶貴時間卻給了我完整的休息。

我每天都在廣闊的校園散步，也常常走出校園在甲川邊散步，在這裡生活，我更加體會到散步的重要性。正如狄更斯所說：「如果不能散步，我的頭應該會爆炸。」我眞切體會到散步的價值。最重要的是我也能享受孤立的感覺了，每當寫作遇到困難，我常常會出去冷靜一下，回來再寫。

我喜歡把小說定義爲一種自我安慰的方式，這個定義不僅代表了我自己去安慰身爲讀者的自己，也代表了我對自己的安慰。當你這樣想的時候，孤立感與壓力就不是一定要避免的東西，反而成了必備的寫作要素。進駐校園的整段期間，直到最後我都必須爲自己寫作。散步讓作家的憂鬱感消散，然後爲了再次遇見讀者而繼續寫下去。入住期間結束後，我回到首爾，開始忙於出版第三部小說。

《幽靈作家》於二〇一七年四月出版，但當時所有人都沉浸於五月即將舉行的總統大選中，大眾並不關心幽靈作家與惡徒在我書中的戰爭，也就是說，我的第三本書並沒有在書店的架上久待。無論如何，我的第三部小說出版了，我晉升成爲可以準備第四部小說的作家。

劇本成為電影前的漫漫曲折路（Long and Winding Road）

常有人問我，自己已經寫好的劇本，或是如果自己寫劇本的話，要經過哪些步驟才能拍成電影？在這種情況下，能回答的答案有時比太平洋更廣泛，有時又像山泉水般涓細樸實，所以答起來就會非常模稜兩可，但這裡我要用最普遍、具常識性且符合業界慣例的步驟來說明。不過請記住這段過程還會出現很多岔路、捷徑、沼澤區和地雷區。

○、寫完劇本

要說服別人，終究還是得有劇本。因為光靠零經驗編劇的故事大綱、一句計畫或劇情提案，不可能有製片願意投資數十億韓元去拍攝。我們必須學習劇本的形式，要老實地完成作品，而且要像推出商品一樣好好推出劇本。

一、接觸電影相關人士並讓別人看劇本

寫完的劇本完成著作權登記之後，要給現任的「電影相關人士」過目。我指的電影相關人士，至少要是審查完劇本若覺得作品不錯，能夠透過製作與投資管道將作品寄出去的人，從電影公司企畫部門的新員工、經驗豐富的製作人、千萬電影的製片、最近票房不好的電影導演，到能得到主要投資金的電影演員都包括在內。那在這些人中，寄給誰最好呢？這個問題只要按常理去想就可以了。如果看劇本的人是食物鏈的最高層，也就是能左右製作與投資的電影相關人士，應該就是最好的吧？但是對於這種人而言，他們手上已經有很多作品在排隊等著了，如果交情沒有到能插隊的程度，就很難讓他們讀到劇本。那我們要如何接觸電影相關人士並寄劇本給他們看呢？這取決於個人的努力，以下是一些努力的例子。

‧透過電影公司首頁或電影公司的網路社群投稿

現在電影公司其實已經不在官網上接受作品投稿了，現有的電影公司已經有合作過

的編劇，他們並不會關注新人的投稿作品。其原因有二，一是他們對新人作品的期望值非常低，二是防止涉嫌抄襲。據我所知，知名的製片並不會打開公司信箱或個人信箱中的電影劇本投稿信件，因為要是留下了看過信件的紀錄，以後在製作與投稿劇本題材類似的電影時就有可能被指控抄襲，也就是說為了避免爭議，他們乾脆不製造這層風險。因此結論是不要在網路上投稿或在毫無交情的狀況下盲目投稿。那麼我們該怎麼辦呢？繼續看下去吧。

．運用「凱文．貝肯的六度分隔理論」

有個法則說「即使某人跟我們毫無關係，只要串起六段關係，我們就能與世界上大部分的人有所交集」，這個法則在狹小的韓國只需要三點五段關係就能夠實現。意思就是，即使現在你周邊沒有電影相關人士，只要積極拓展人脈，就能在三點五到六段關係內遇到電影相關人士。朋友的堂姊的老公也許是電影導演，姑姑的親家朋友可能是電影製片，常去的烤肉店老闆的弟弟的朋友可能是電影製作人。去聯絡吧！但如果你是邊緣人中的邊緣人，完全沒有任何人脈的話……那就往下一步走吧。

・去電影相關的教育機構

我們去上學不僅是爲了學習，因爲去學校還會產生同期生、同學、校友、師徒關係等人脈，要是離開學校還能保持親近的關係，那不就是朋友了嗎？而且要是朋友之間興趣相同又做同樣的工作，感情會更加深厚。創造這種機會的地方就是電影相關的教育機構。除了大學的電影系、電影系研究所、電影學院、藝術學校的映像院等教育課程外，還有韓民族文化中心、沈山學校（Simsan School）、想像廣場等不少地方會舉辦劇本相關的講座，在那種地方就能和身爲現任電影相關人士的講師結緣。如果你努力寫作，成爲講師認可的學生，他也會幫你介紹工作。此外，你還會有一起學習、分享作品的創作同志，以後就能互相介紹或推薦各自認識的電影界人士。但如果沒錢去電影教育機構，或你不喜歡這樣做，而且也已經寫完很厲害的劇本的話呢？那就往下一步走吧。

・徵集比賽

不好意思，結果還是徵集比賽❹，徵集比賽不僅是得獎和拿獎金而已，還是個能和電影相關人士會面並受到眾人關注的機會。獲獎劇本當然會受到徵集比賽的主辦單位和評審關注，這就是和電影圈人士聯繫上的方式。幾年前，我曾在樂天劇本的徵集比賽徹底落選，不久樂天娛樂的員工來聯絡我，說我的作品已進入正式審查階段，某位評審看了之後想詢問我的聯絡方式。雖然作品沒獲獎，我卻以這種方式跟業界有了聯繫，也能藉此展示作品。另外，韓國內容振興院、電影振興委員會、CJ O'PEN 補助作家的計畫也相當於徵集比賽，去申請這些補助計畫也是一種方法。因爲這些都是培養電影相關人士和協助作家的地方，競爭固然激烈，卻很值得挑戰看看。

二、接受結果

電影相關人士看了劇本後，短則幾天，長則一個月內就會得到反饋，如果超過一個月都沒得到回應，就打電話追究或直接放下吧。可能是接到劇本的人忘記了，或是覺得不值得回應，或只是他很懶而已。不管是哪一種，都代表對方不尊重你，去罵人或指責對方也只會被忽視。然而，如果你把作品寄給品性與態度正常的電影相關人士，最晚也會在一個月內得到反饋的。那我們就來了解該如何面對結果吧。

---

❹ 其實韓國的劇本徵集比賽沒有幾個，每年的簡章都會更改，在 Naver 等入口網站搜尋就能得到最新資訊，因此在這裡就先省略了。

・接收

電影相關人士接收了你的劇本，喔耶！他可能要買你的劇本，也可能是要簽約後和你一起修改劇本。如果是前者，劇本賣出去就行了，賣出的劇本會根據負責改編的編劇或親自寫劇本的導演修改升級，接著劇本就進入投資的階段。後者的情況是，劇本雖然還不錯，但要大幅修改才能拿到投資，所以才會先簽約再一起開發劇本。如果是這種情況的話，就要和電影公司一起分階段修改劇本，把劇本升級後送進投資階段。且讓我苦口婆心地說一句，有時對方接收是接收了，但要是他遲遲不簽約或不給錢的話，請不要猶豫，直接收回你的作品，不要和對方一起工作。公司或製作人在沒簽約或沒匯款的情況下就要求開發劇本，他們等於是要求夢想當偶像的人來當練習生，還要練習生繳費的經紀公司。請記住，曾參與過知名作品的製作人和導演若覺得你的劇本不錯，他可能會用各種理由和提議要你先寫看看，但是千萬不要沒簽約就寫，這才是保護自己與作品的方法，也是維護電影生態界健康的方式。

・退回

其實退回比接收的情形更普遍。沒辦法，在韓國有數千部未能拍成電影的業餘與專業劇本被平均分配到電影公司、投資公司、個人製作人、導演等人手上，層層累積，所以即使被退回，也不用感到太挫折，這件事情本身就是如此。被退回的劇本可能經過兩種過程，一是繼續改寫升級後再投稿，另外一種則是廢棄處理。就像大家經常說的，必須考慮機會成本，而且必須綜合考量電影相關人士和周遭的人對劇本的反饋，再決定到底要重新修改還是拋棄。意思就是，被退回並不重要，而是要了解爲什麼被退回，以及應該修改什麼部分。重要的是在這個過程中要區分電影相關人士「協助反饋」與「共同工作」的不同，有時候有些人會以提供過反饋爲由，要求劇本的優先簽約權，或是打算以自身作品的名義把作品介紹給投資公司。因此，我們要明確設定好協助與合作的不同，而所謂明確設定是什麼意思呢？我們都稱之爲合約。

三、後續的進展

如果劇本接收後被改編升級爲投資項目，那現在就要透過包裝走向投資階段了。通常並不是單看劇本就能得到投資，投資公司會根據「劇本＋導演＋製作公司＋演員」的整個「包裝」來投資。就算劇本有點弱，如果演員和導演的組合很強，也有機會被投資拍成電影。即使劇本很厲害，如果製作公司和演員很弱的話，也可能因無法獲得投資而中止。那其中最重要的因素是什麼呢？

雖然好萊塢的演員和忠武路的演員都是演員，但電影會被稱爲「明星生意」並非沒有道理，如果A咖演員參與演出，作品大多都會得到投資。那麼A咖演員決定成爲這個投資項目的「包裝」，是基於什麼考量呢？他們看的是導演和製作公司的知名度（name value）和劇本的完成度，至於這三項中演員較重視哪一項，答案每次都不一樣。可惜的是光靠劇本完成度是絕對無法獲得投資的，雖然大家再三呼籲說劇本很重要，但是劇本完成度低的電影仍會在戲院上映，這都是因爲以上的過程與決定。問題在於，有些人看了這些劇本拍成的電影後，認爲自己隨便寫都能寫得更好，因而產生自信並投入到產業中。各位，每個行業都有自己的隱情，希望大家能仔細了解再投身其中。

如果重新開發被退回的劇本去投稿呢？好，我肯定你的韌性，但還是要尋找重新審視作品的電影相關人士。如果最初審過作品的電影相關人士幫你修改後寄回給你，還說會再幫你審稿的話，就是個積極的信號，所以只要再寄給他就好了。然而，要是對方不想重新審稿，你就要另尋其他管道。這是一件很痛苦的事，因爲這代表爲了賣掉自己的作品，你要像趕集的商人一樣到處漂泊。因爲韓國沒有編劇經紀公司，所以編劇不僅要寫好作品，還要有好好包裝並銷售作品的能力。如果你的劇本突破所有難關得到電影相關人士的認可，那麼「接收」的過程又會重新開始。

你覺得很難嗎？爲了安慰你，這裡我要舉個例子，雖然他不是電影系的學生，但是劇本寫得很好，之後更以導演的身分出道。

昆汀·塔倫提諾在一九八七年完成了《絕命大煞星》的劇本，之後的四年間，他幾乎已經把劇本寄給了好萊塢所有的人。有時他甚至連付郵資的錢都沒有，所以用收件人付款的方式寄出，而拒絕他的信大多都很殘忍：

「你怎麼寄給我這種垃圾劇本？瘋了嗎？」

當時昆汀的經紀人凱薩琳·詹姆斯收到的信件中曾經出現以上這句話。❺

四、直接製作電影吧

如果想跳過這整段過程，把自己的劇本拍成電影的話，那親自拍攝就行了。寫劇本，成爲製作人，吸引投資人，自己導演或找導演，拍攝完後製，根據發行的通路在

❺ 出自潔米·伯納德，《*Quentin Tarantino: The Man and His Movies*》。

電影院上映或在OTT平臺上架即可。如果在所有平臺都被拒絕的話，上傳到自己的YouTube就行了。劇本不是徵求同意後才寫的，電影也不是徵求許可後才拍的，當然如果自己有錢或有個有錢的贊助者，事情會容易一些，沒有的話就會非常辛苦。大致上都會經歷上述〇、一、二、三的過程，這個過程就是我身爲編劇的經驗談。

徵集比賽：設計你的運氣

前面提過，我在徵集比賽失利無數次，曾仔細觀察過究竟是誰能在徵集比賽得獎，因為我根本不知道那些人是如何被選上的。大約是二〇一〇年左右，我在所有的徵集比賽都落選了，在絕望中瑟瑟發抖。在徵集比賽落選不但會覺得自己受到冷落，甚至還會感到被忽視的不快，就像被不認識的人蓋布袋圍毆一樣，非常痛苦。再加上對得獎作家與作品的忌妒和醋意，也有可能會因此變成既卑鄙又小心眼的人。

我認為只有不斷參賽直到得獎為止才是正解的說法是很盲目的，徵集比賽不是「印第安祈雨祭」，誠如前面所說，因為我們是人，所以在肉體與精神層面都會受到打擊。因此，我想在這裡談談徵集比賽的得獎訣竅。有些想當作家的人跟過去的我一樣，在許多徵集比賽中失利，又或是肯定會失利，而我也是失敗過很多次才得獎，我所提供的訣竅一定會對他們有益。最重要的是參加徵集比賽能在不和公司一起寫作的前提下跟公司簽約，比賽就像一條賽道，讓孑然一身的有志之士可以在跑道上完整跑一遍自己的計畫，所以投稿人必須像參加全國體育大賽四百公尺決賽的田徑選手一樣，不斷地奔跑。

二〇一〇年以前，我在許多徵集比賽落選，屢屢受挫。直到二〇一一年京畿影像委員會主辦的「劇作家局」提案徵集比賽，我才首次有所斬獲。我以朝鮮時代捉虎甲士[6]與怪物老虎對決的《虎患》爲題，寫了十頁的故事大綱提案，獲選後得到五百萬韓元，寫完劇本又拿到五百萬韓元，一共獲得了一千萬韓元。隔年我和白編劇一起寫的《京城之拳》獲選一、二期的電影振興委員會企畫開發補助計畫，還被全羅北道的電影人住宿提供計畫選中，誠如先前所言，這項計畫成爲我作家生涯的強大支柱。之後我憑藉長篇小說《望遠洞兄弟》得到世界文學獎的優秀獎，《幽靈警察》則被選入 CJ O'PEN 第一期的電影編劇部門。此外，我以《關鍵時刻》入選富川電影節劇本的發表會，以《警戒線》入選編劇工會舉辦的北京劇本發表會，《合夥人》則入選江原影像委員會住宿提供計畫等，此後每年都會入選一些徵集大賽和補助項目。

聽起來像是在炫耀自己被選中很多次嗎？那現在就開始講我沒被選上的部分吧。《幽靈作家》投稿過世界文學獎、韓民族文學獎、文學村小說獎、子音與母音文學獎、中央長篇文學獎、今天的作家獎，全都落選了。拿到世界文學獎之前我曾落榜過兩次，CJ O'PEN 的前身 CJ Story Up 我也報名過兩次，都失敗了。我在新人劇本徵選比賽和樂天劇本徵集比賽也落榜兩次。我報名過三次韓國內容振興院主辦的韓國故事徵集大賽，三次都落榜，電影振興委員會的企畫開發補助案除了《京城之拳》外，我也數次落榜。在地方自治團體舉辦的說故事徵集比賽和其他劇本論述與劇本徵集的小比賽中，我被淘汰的次數之多，記都記不清了。

徵集比賽競爭激烈，落榜比得獎還要多的情形是理所當然的。但我還是想繼續比賽，因爲這股渴望，我不斷站上徵集比賽的打者席，雖然經常被三振出局，但有時也能打擊上壘，於是我才能繼續我的選手生涯。

那麼，我要來公布參加徵集比賽的十大戒律了。

一、謹記徵集比賽的重要性

我想先談談徵集比賽或補助計畫的重要性，徵集比賽滿足了寫作中最重要的兩點，

---

❻ 捉虎甲士是朝鮮時代人們為了捕捉危害嚴重的老虎而特別選出的士兵，捕捉老虎是其中一項驗證科目，只要用弓箭或長矛捉到兩隻老虎就不用進行其他考試，直接入選。

那就是「時間」與「共鳴」。徵集比賽有獎金或補助金，如果完全把獎金拿來換取寫作的時間，就可以繼續創作作品。而且獲選也代表贏得評審的共鳴，戰勝評審挑剔的評價，寫出讓評審有共鳴的作品，這代表你的寫作獲得了認可，肯定能進一步提升寫作的自信。另外，在徵集比賽獲選，會被大眾認定爲成功出道的作家，或成爲你的某項主要經歷，這也與名譽直接相關。回顧我們寫作的初衷，不就是爲了得到認可，爲了證明自身存在而寫嗎？總之，在徵集比賽得獎，是讓我們在艱險寫作海洋中生存下來的浮標與救生艇，爲了生存與獲得認可，你必須參加比賽。

二、參加徵集比賽吧

以前我得到很多能站上打者席的機會，這很簡單，參加徵集比賽的次數越多，站上打者席的機會就越多。然而令人意外的是，很多人會因爲作品不夠好、準備不足、時間不夠等原因不願意站上打者席。因爲徵集比賽終究是評論自身作品的場合，害怕受評價的心態加上拒絕評價的傲慢，常常就會讓人自然而然地歸因於懶惰。韓國的徵集比賽比想像中多，還有很多類似徵集比賽的補助計畫，如果勤於報名就可能有機會。不過還是有很多人會猶豫不決，他們也許是缺乏迫切的心，或是已經得到父母的支持了吧？前者不應該寫作，而後者讓步給更迫切的人也不錯吧。

三、了解主辦方

從徵集活動的簡章中就能看出主辦方的意圖，要熟知評審標準和詳細的補助明細，並根據情況做最完善的準備。假設江原影像委員會要補助以江原道爲背景的作品，有些人會在現有作品中，把角色拜訪某地區的部分場景改成江原道。但請站在主辦方的立場思考，把江原道設爲主要舞臺的作品會獲得高分，還是只有一部分場景是江原道的作品會得到高分？意思就是，必須編寫以江原道爲整個故事背景的全新作品，再來報名比賽。

另外，企畫意圖、故事大綱、角色介紹等附加的原稿也要精心寫好準確的分量，可以把企畫意圖和故事大綱看作是徵集比賽的資料審查階段，把主要的劇本原稿看作面試審查階段。有時會爲了寫好主要的劇本原稿，就疏忽掉企畫意圖與故事大綱。別忘了，如果在資料審核階段就被淘汰的話，之後就沒機會面試了。

四、一定要放魚鉤

無論是愛情片、奇幻片、動作片、恐怖片、小說、電視劇劇本、電影劇本，一定要拿出有「鉤引點」的故事去參加徵集比賽，這是參加比賽的作品必須具備的要素，也是基本要求。因為你是新人，也是想要當作家的人，在故事產業中，鉤引點顧名思義就是「魚鉤」，你的作品必須釣到評審，既然你沒辦法用名氣釣到評審，就只能用作品中的鉤引點去釣他們了。

「殺人案件中唯一的目擊證人是一位自閉症少女」，這個單句劇情概要裡有鉤引點嗎？有。自閉症少女的證詞在法庭上眞的有效嗎？但自閉症少女能站上法庭嗎？那律師會做出怎樣的努力讓自閉症少女站上法庭呢？這部讓人不斷在腦中浮出魚鉤般問號的故事，是第五屆樂天劇本徵集比賽得到大獎的作品——《證人》❼。當然我們也知道有很多成功作品是在沒有鉤引點的情況下完成的，因為這些作品大多來自大家認可的編劇與導演，他們本身就是魚鉤，但對新人而言，要是企畫中沒有鉤引點就很難受到關注，所以在報名徵集比賽與補助計畫的情況下，這點尤其必要。

五、在截稿前十天寫完作品，最後三天收尾

在徵集比賽的截稿日前，我們當然要不斷盡力修改每場戲、每句臺詞，但我們必須留一段時間，站在普通人、編輯或評審的角度閱讀編劇視角的故事。為此，至少要保留一週的時間不接觸作品，這段時間越長，自己的作品讀起來就會越陌生、越新鮮，更有神祕感，這樣就能把作品修改得更好。因此，我至少會提前十天寫完參賽作品，留一週的時間把作品蓋起來不看，然後再用三天的時間收尾。這樣應該沒辦法改太多地方，但這時修改一句臺詞、一個狀況、一個漏洞都能決定作品的命運。

六、參加完比賽就忘記這件事吧

第一次參加徵集比賽，會不自覺地像在等樂透開獎一樣等待結果發表。當然在等待過程中，自然會因焦躁與期待而很難去碰下一部作品。而且審查時間莫名地長，有時長

❼《證人》是二〇一八年鄭雨盛與金香起主演的電影，在商業與藝術上都得到了肯定。

達三到五個月，你會在那麼長的時間裡一直戰戰兢兢，然後停止寫作嗎？你不擔心手僵掉或寫作能力生鏽嗎？

我們要清空思緒來寫新作品，這是理所當然的，反正不會被選上，大多數的作品都會被淘汰。我們只要當作自己被淘汰了，然後開始新的創作就好。執著在一件作品上，應該就無法做這份工作了吧？因此我們需要新創作、預備新彈藥，然後把作品寫出來就好了。而且如果你因爲沉浸於新工作中而忘記結果公布日，當你接到得獎通知，就會像得知某位不認識的親戚留下一筆遺產給你一樣，加倍開心。再說，要是你事後才知道自己遭淘汰的話，心態也不會那麼崩潰，只會覺得自己果然被淘汰了。但此時你已經在寫新作品了，落選的作品等下次徵集比賽再修改即可，也就是說，只要有新作就能減少對落選作品的留戀與執著。

七、接受結果吧

徵集比賽的得獎機率非常低，知名徵集比賽的得獎機率比一般國家考試的合格率還要低，但很少有編劇會住進考試院寫劇本。總之，這是拚命寫都不一定能成功的工作，因爲想當作家而邊上班邊寫的人，獲獎機率更是微乎其微，所以要以平常心來接受結果，謀求下一個機會。得獎與運氣很有關係，如果有一百部作品參賽，其中的七十部很有可能都漏洞百出，剩下的三十部作品中，也只會有十部作品晉級到最終審查階段展開競爭。如果其中的一、兩部被選中了，那其餘的八、九部作品就比較差嗎？絕對不是如此。即使你的作品遭到淘汰，但它也可能是那十部作品之一。不要太氣餒，下次再參賽，只要等待這次沒能獲得的運氣就好了。

八、分析落選的作品

我們必須分析自己的作品，了解爲什麼會落選。讓周圍的人評論是一種方式，過一段時間後以編輯的視角細看作品也是一種方法。最重要的是要閱讀徵集比賽中得獎的作品，雖然拿自己的生活與成功人士相比是很愚蠢的行爲，但站在學習的角度，拿自己的作品與別人的得獎作比較是非常有幫助的。如果分析的結果是，不管再怎麼重寫感覺也沒辦法升級的話，那果斷地拋棄也是一種方法。當然生命是短暫的，藝術卻恆久長存，然而人生很短，藝術創作的時間也很短。就像獅子養育幼獅一樣，考量機會成本，我們也要放棄沒有機會的作品，把精力投入到新作中。

九、參加下一場徵集比賽

如果已經淡然地接受落選結果，並分析完作品，那麼請去確認下一個能投稿該作品的徵集比賽。就算並非相同形式與分量的比賽，我也會建議大家找個近期內能參加的徵集比賽，修改一下再投稿。不然就要下定決心花一年的時間修改，隔年同一個徵集比賽舉辦時再參加。再次強調，跑完一回徵集比賽的週期，就能產出一部屬於自己的作品。即使在徵集比賽遭到淘汰，你也獲得了一部落選作品，一部需要修改的作品，有了需要修改的作品就代表你也獲得了能夠變好的可能。

十、做好獲獎後的準備

在徵集比賽得獎了。哎呀！一切才剛剛開始呢。得獎劇本被拍成電影的機率只要查一下就會有答案了，根本沒幾部。小說也是如此，得獎小說成爲暢銷書的機率也是只要查一下就會有答案，根本沒幾本。受補助的作品也是如此，取得補助並不代表作品就能馬上被製作成電影或書籍，而是又要投入另外的時間與努力。因此，我們要保持著遭淘汰時的心態，忘記一切，分析作品，然後進一步打磨，把作品製作成能銷售的成品。所以得獎也只是開始而已，得獎者只是在這條路上先取得燃料、時間與鼓勵的幸運兒，並提前用掉這些運氣而已。

我經常說「得獎是後付制」，有時會糊里糊塗地得獎，糊里糊塗地成為編劇而且票房大賣，但想持續有好表現的話就要付出代價。以長遠的眼光來看，「長期練習寫作後得獎」比「得獎後長期練習寫作」來得更有利，原因大家應該都了解，因為被評審選中出道後，還要在獲獎後以練習寫作的態度寫作是非常困難的事。如果把得獎當成後付制來看的話，你必須為此付出代價。

總結來說，最後只能相信自己和自己的作品，持續投稿參加比賽。參加徵集比賽最大的優點是能夠完成一部作品。對作家而言，還有什麼事跟截稿一樣重要呢？徵集比賽會激勵你，寫得好還有獎可以拿。寫作是耗費力氣又累人的事情，不要害怕截稿日，不要害怕徵集比賽的評論，勇敢參賽吧。截稿日期能培養你準時交稿的能力，評論能培養出你的分析能力，照這個方法做下去你就會贏得運氣。在此我想提前恭喜所有努力寫作的人，為你們贏得運氣的那一天慶祝。

第七章

永無止境的說書人的故事

寫來自靈魂深處的作品吧，運氣好的話你的想像力會送你完美的鉤引點。如果你喜歡極度商業化的驚悚片，那就去寫那種劇本吧。如果你的靈魂喜歡悲傷又複雜的小品藝術電影，那就去寫那種電影吧。寫你自己喜歡的東西吧！如果你說你沉迷於某種東西，沒有任何東西比寫作更不花錢，也沒有任何東西比寫作更能夠創造出美好的世界。我由衷地祝福你。

——艾力克斯・愛潑斯坦＊

＊出自Alex Epstein，《*Crafty Screenwriting: Writing Movies That Get Made*》。

寫電影

二〇一七年一月，我在 KAIST 校園裡規畫了一整年的農事。務農必須思考手上有什麼種子、這些種子要撒在哪裡比較好、要如何取得務農的支援、怎麼確保銷路等，從某種角度來看，作家的一年也和農夫的一年沒什麼兩樣。當時我手中有各式各樣的種子，而作家也經常陷入不曉得種子最終會長成怎樣的兩難困境。至少要發芽才能看到一點「苗頭」，但從機會成本的角度出發，我無法經歷整個過程。

經過深思熟慮，那年我決定種下一部劇本和一部小說，劇本是粗糙的草稿，小說只不過是在校園裡冒出來的小芽而已。如果和電影公司簽約的話就能穩定創作劇本，但既然已經寫好了初稿，提高完成度對我而言是有利的。問題是改稿修正需要六個月，我沒辦法撐這麼久，於是決定申請電影振興委員會企畫開發補助計畫。這部小說的題材要走的路更是長遠，雖然我認爲拿這個題材寫第四本小說很不錯，但要先看看《幽靈作家》

的成績。如果已經播種發芽的《幽靈作家》能在春天結出果實，那我就能馬上寫第四部小說，但這無法保證書籍暢銷。

在此期間，我得知ＣＪ將推出協助作家的平臺，名爲「O'PEN」。據說平臺會協助電視劇和電影編劇，還會提供工作室並經營各種補助計畫。雖然我認爲這是一個非常好的機會，但我已經感受到激烈的競爭浪潮，而且我有過兩次申請ＣＪ補助計畫失敗的經歷，自信心已經下滑。但我還是抱持著一直以來的想法，於是就去申請了，反正報名不花錢，就算落榜也是個讓作品更臻完善的機會。

就像我先前提過的，我有一個當年想開發的原創劇本初稿，因爲申請 O'PEN 的計畫需要二十頁劇本論述，我就把劇本的初稿重新改成劇本論述。在這份初稿前就寫完的劇本論述已經是過去的東西了，沒有理由回收利用。我覺得要從初稿出發，寫出進化版的劇本論述才值得一試，所以就重新編排了故事，以更敏銳的方式修改了臺詞。在創作過程中我才發現初稿寫得有多麼隨便，想到當初寫完初稿而感到滿意的自己，不禁自覺羞愧，藉此吸取到教訓。是作家的話就應該要利用這個時間重新把故事寫完。

四月左右我被選爲 O'PEN 第一期的電影編劇，雖然補助金和各種優惠都很棒，但最棒的還是上岩洞東亞數位媒體中心（DDMC）的工作室。不僅每位編劇都有個人工作室，十七樓還有視野很棒的休息室。對於從 KAIST 回來還沒有合適工作空間的我而言，這眞是一項大禮。我從五月起正式擔任 O'PEN 的電影編劇，開始學習並分享，和同事們一起參加研討會，還去警察廳做田野調查，感覺就像回到了學生時代去學電影藝術一樣，對於主修不是電影系的我而言，這是一次幸福的體驗。其中最重要的收穫，正是能專心創作劇本。這是睽違許久的原創劇本，也是我夢想已久的一項計畫，作品的名稱是《幽靈警察》，繼《幽靈作家》後又來了一個幽靈。

小時候我喜歡《搜查班長》和《致命武器》電視劇，還很熱衷《特警冤家》《強捕》和《殺人回憶》等電影。警察是我這輩子一定要挑戰看看的故事，而且在第一家電影公司第一次讀到的作品就是《人民公敵》的劇本論述，所以我整個編劇生涯也一直籠罩在想寫這種故事的欲望中。其實我也挑戰過幾次，我開發過捕盜大將的故事，捕盜大將相當於朝鮮時代的警察，我也寫過以警察和鑑識科人員爲主角的驚悚故事，還有身爲單親媽媽的警察偵辦誘拐案的故事等，但都進行得不順利。韓國已經有很多警察的故事，很難做出差異化，寫出更有趣的警察故事。壞警察、搞笑的警察、腐敗的警察、出軌的警察、鄉下的警察與資深的警察，各種警察或刑警大多已經出現過了，而巫術通靈的警察、臥底警察的劇本也都已經傳遍電影界了。

所以我想到的就是幽靈警察，市面上已經有很多故事是關於活著的警察，所以我下定決心要講一個過世警察的故事。如果電影是在警察主角死後才開始，主角以幽靈的狀態懲罰殺害自己的犯人與其集團，那這個故事就是目前沒出現過的警察故事，也是我能寫好的故事。我馬上查資料發現，有一部好萊塢的電影主角就是個幽靈警察——《衰鬼刑警》。但這部片的內容是成爲幽靈的警察去抓捕幽靈犯人的故事，感覺比較接近《MIB星際戰警》，而我想到的幽靈警察是抓住現實中的犯人並懲罰他們，是非常不一樣的故事。另外，我查了主角是幽靈的電影，馬上就出現了參考作品，正是高中時期給我帶來感動且賺人熱淚的《*Ghost*》，《第六感生死戀》。

讓我們把時間倒轉一下吧，我產生這個想法是在二〇一一年。當時正在創作《一九四八，倫敦》，我沒辦法動手寫作，只是像默背咒語一樣想著：「幽靈警察、幽靈警察……」之後一有空我就會腦力激盪，但很難想到主角幽靈警察與現實連結的媒介。雖然像《第六感生死戀》一樣用靈媒當媒介是最簡單的方法，但這是一條非常簡單的路，我的自尊不允許我這樣做，觀眾肯定也會覺得很膩。當我正在煩惱時，太太聽我說了《幽靈警察》的設定，她告訴我美劇《超自然檔案》中的故事，故事主角是追逐幽靈並對抗超自然現象的兄弟。兄弟？那一刻我們同時喊出正確答案，好像在舉手搶答的參賽者。雙胞胎兄弟！如果是同卵雙胞胎的話，應該就可以了吧！創作劇本時我總會反覆回味好萊塢編劇麥可．希佛（寫過《赤色風暴》和《戰略殺手》）的名言。他在接受卡爾．伊格萊西亞斯的訪問時，曾這麼說過：

「我儘量預設觀眾很聰明，觀眾會覺得『去電影院看那些聰明人說的聰明事比較好』，所以寫作時我不會寫讓人無法產生共鳴的作品，而是帶著尊敬這種觀眾的心態去寫。因此，一方面我努力想寫出能讓觀眾入迷且感到開心、刺激的故事，另一方面我也想讓觀眾開心地動腦，而盡可能努力寫出有意義的作品。」❶

觀眾很聰明，欣賞電影是要同時花錢、花時間並消耗人際關係的，是既昂貴又有價值的文化行爲。身爲消費者又是文化人的韓國觀眾尤其挑剔又聰明。正如麥可．希佛所說的，我懷抱著尊敬之心重寫了《幽靈警察》。

刑警張泰賢在追捕長期走私的組織，追捕過程中他死掉了。即使死了他還是努力想懲罰那一幫人，但他只是個幽靈，什麼都做不了。此時他卻發現了唯一能聽到

---

❶出自卡爾．伊格萊西亞斯，《*The 101 Habits of Highly Successful Screenwriters*》。

他聲音的人……那就是他的雙胞胎弟弟——騙子張泰錫！哥哥請求弟弟幫忙抓犯人，哥哥意外過世又變成鬼魂來拜託他，弟弟不禁感到驚訝又慌張。但腦筋動得很快的弟弟馬上以幫助哥哥為條件，要求哥哥的房子和車子，甚至還要了銀行帳戶密碼。幽靈刑警與假刑警的合作就此開始。這方法一開始好像很有效，但漸漸引起周遭的懷疑，最終歹徒發現了他們的真實身分。可怕的歹徒開始反攻，弟弟和哥哥的家人陷入危機之中，兄弟倆真的能對抗那一幫人，保護自己與家人並抓到嫌犯嗎？

故事大綱一完成，工作就變輕鬆了，我在做主要工作的期間抽空寫《幽靈警察》，然後把初稿寫完。但之後就沒有進展了，身邊的人反應也不太好，所以也不敢想改稿的事。對我而言，O'PEN贊助我相當於把救生艇拋給了在海上漂流的作品，不僅提供工作室給我，還幫我做劇本審查與指導，協助事前影像製作，讓我能繼續創作，而且慢慢地一再修改，作品的完成度也越來越高。

除了寫作之外，跟寫作同等重要的就是要會賣自己的劇本，而這部分我也得到O'PEN充分的協助。二〇一八年一月底舉行了O'PEN的劇本提案活動O'PEACH，讓我能夠連同事先拍攝的影片，把《幽靈警察》提案給兩百多家電影製作公司與投資公司。

之後我和許多家製作公司開會，遇到了對作品感興趣的公司，然後和一家投資公司簽了版權合約。雖然和電影製作公司簽了劇本的合約，但還是很有可能無法獲得投資，但這次馬上就和投資公司簽了約，我很期待電影的拍攝能趕快實現。

另一方面，因爲負責製作《幽靈警察》提案前的影片而跟我結緣的裴正民製片，好像對我的第二部小說《情敵》的電影版權有興趣，不久後我就和他簽了版權合約。多虧了這兩件好消息，從二〇一七年春天到隔年春天，我感受到完整寫完電影的成就感。前途好像一片光明，期待《幽靈警察》和《情敵》，以及版權率先賣掉的《望遠洞兄弟》和《京城之拳》一起儘快被拍成電影。

《幽靈警察》是我一直以來很想寫的警察故事，我親手寫完這部劇本，並送到電影製作的流水線上。死了都想逮到嫌犯的幽靈刑警泰賢，還有把人詐騙到死的假刑警泰錫，這部感人的戲劇刻畫了由兩人引起的騷動（雖然這段很像電影預告的廣告詞，但我也沒辦法）。我每天都在做夢，希望這部戲劇最終能呈現在大家眼前。

賣出兩部作品的版權，我的經濟也隨之寬裕起來，這代表我有機會寫第四部小說了，於是我又重新開始找文學館。同時，我也小心翼翼地翻出在 KAIST 萌芽的小故事，一遍又一遍地仔細觀察。

寫到最後

進駐KAIST「Endless Road」寫完《幽靈作家》的連載後，我短暫休息了一下。我在KAIST圖書館發現了魯西迪的自傳《約瑟夫安東》，這本書太厚我一直拖延沒讀，決定趁這個機會閱讀。我瘋狂讀著大師本人的精采故事，在讀到第二章時停了下來，這章的標題是「浮士德的魔鬼契約（A Faustian Contract）」，這裡的文句重擊我的心，同時我又再次陷入浮士德博士故事的魅力之中。大學時期我讀到一半放棄，卻一直覺得這個故事令人深深著迷。

讀完《約瑟夫安東》，我讀了《浮士德》。這本書讀起來依舊很累人，累到我終於明白大學時為什麼沒讀完。但現在我已經能讀完了，雖然讀著讀著會抱著疑問困惑地歪頭，但偶爾也會會心一笑。另外，當時我正在主辦KAIST的說故事工作坊，我能和無比聰明的學生交流，我感覺這些學生甚至能研發出駭進人類大腦的技術。於是就像細胞與細胞結合一樣，「浮士德的魔鬼契約」和「駭客的概念」合體，開始瘋狂地進化。

如果惡魔現在駭走年輕人的視聽訊息，然後再提供給有錢的老人呢？當今的惡魔當然是崇拜金錢的企業，那透過惡魔獲取青春的有錢老人就有可能成爲現代浮士德。至於被那種浮士德奪走青春的年輕人要叫什麼呢？叫他們「浮士得」怎麼樣？

我把被奪去青春的人取名爲浮士得，接著就著手寫下去。我手中握著整理好的簡短故事，當KAIST的住宿期限到了，便回到首爾寫《幽靈警察》。每當我想起這個故事，都會動腦摸索把它寫成小說的方法。終於在二〇一八年春天結束時，我抓到了寫第四部小說的機會，南下潭陽，那裡有個我一直想去看看的文學館。

「生文之家」不在潭陽邑，而是位於近昌平面的深山谷。我入住後眞的很感謝詩人金奎成村長的關照，還有金善淑夫人優秀的全羅道料理。我開始繼續寫《浮士得》的初稿，進展卻不太順利。六月時我和其他作家同事一起看世界盃，一邊適應文學館周遭環境一邊暖身。雖然七月我就正式開始創作，但天氣實在太熱了（回想一下二〇一八年的夏天吧），眞的熱到讓人沒辦法專心。但主要還是因爲我對過往的寫作方式做了反省，改變了工作模式，結果進展反而更慢了。

二〇一三年出道後，我寫了三部長篇小說。二〇一三年寫了《望遠洞兄弟》，二〇一五年寫了《情敵》，二〇一七年寫了《幽靈作家》，相當於每兩年就出版一次，現在我需要回顧過去的時間。我邊用電影編劇的本業解決生計問題，邊寫完這些小說，以這個角度來看我的小說不算太差，但因爲我的時間總是不夠，無法將所有精力投注在小說創作上。《望遠洞兄弟》我迷迷糊糊寫完就幸運得獎，甚至連創作過程都沒整理出來。《情敵》和《幽靈作家》則是因爲生計與截稿的壓力，只能在短時間內專注寫完。雖然身爲有截稿壓力的勞動者，我堅守著自己規定的截稿日，卻又會以截稿在即爲藉口對作品品質妥協。如果我的時間還很充裕的話，如果我入選韓國文化藝術委員會的長篇小說補助計畫的話，如果上週的樂透中獎的話……我總是有這些藉口，將自己的極限藏在截稿日的黑洞中。

我決定不要用這種方式寫《浮士得》，因爲有兩部作品的版權合約減輕了我的經濟壓力。我下定決心，就算沒錢，即使要負債，我也會全心投入創作。現在我已經沒有藉口怪時間與截稿壓力，一定要堅持完成，我與自己簽下了「浮士德的魔鬼契約」。最重要的是我希望這部作品能被評爲純粹的驚悚小說，我想補足《幽靈作家》中缺少的驚悚風格，想要完成一部無論擺在哪都不愧爲驚悚小說的作品。

七月時，我因爲這層壓力與想克服壓力的重大決心，每天勉強擠出一頁Ａ４。首先，我改變了快速寫初稿再修改的模式，而是透過邊寫邊改、再寫再改的過程調整了我的創作方式。寫作時要用創作者的大腦，修改時要用編輯的大腦。之前寫完初稿時我只停留在創作者的狀態，這次寫初稿時會隨時在創作者和編輯的角色中間切換，爲了實際體現這個目標而努力。這個過程就像職業棒球打者，他們會在賽季中隨時調整擊球姿勢以尋找擊球感。即使再累也要如此，因爲我認識的所有偉大打者都是這樣打球，並用這個方式打出整個賽季的好成績。

我就用這種工作方針和決心，不斷修改執筆方式並寫作，並在八月中旬開始加速創作。哎呀！不知不覺待在文學館的三個月即將結束。不管怎樣，在寫完三分之一部作品後，我結束了在潭陽的生活，並能感覺到這和我當初在二十一世紀文學館花一個半月寫完《情敵》初稿的差異。回去後我馬上又輾轉於首爾的各個工作室繼續寫作，雖然加速常常讓我重拾以前的寫作習慣，但每次如此我就會勒住韁繩調整寫作速度。我的力量已達極限，我會擔心這樣下去到底能不能寫完。我怕我眼高手低，擔心自己可能會費盡全力後倒下，就像《浮士德》中說的「人只要努力就會徬徨」，我必須忍受想像的徬徨，不能停止勞苦的創作。

差不多寫到整部作品的一半時，也就是到了折返點時，該來的還是來了，頸椎間盤突出再次找上了我。《情敵》那時是右臂癱瘓，這次是左臂和左肩全部癱瘓，而且這次比當初更嚴重，所以中秋節時我從岳母家被人送進急診室。眞的非常痛苦，連假一結束我就約了大型醫院的診，然後先去附近的疼痛門診解決燃眉之急。在疼痛門診集中接受各種治療後，我就像全身被揍了個遍一樣麻麻的，但左臂依舊不見好轉的跡象。

二〇一八年秋天，我有一個月每天反覆去疼痛門診報到，接受一個小時左右的治療後再前往辦公室，重複著寫到一半就要停下來躺著休息一下再回去寫作的狀況。兩個月後，我最終在大醫院被診斷為頸椎間盤突出，這是退化性疾病，不只頸椎，腰椎也有同樣的症狀。然而當「退化性」這個詞刻進我腦中，寫作就很神奇地產生了力量。作家生涯的十八年我都是靠「堅持的力量」度過的，我相信要是我有天賦的話，那應該是忍耐力，不是寫作能力。我的骨架占了我寫作的八成功勞，當它因老化而開始呻吟，一切都明朗了起來。我弓著我退化的脊椎，就像作品中的老人一樣渴望青春，想要立起疼痛的骨架，渴望在青春裡沸騰的自由。彷彿是繆斯女神送給我肉體的痛苦，她設了一個裝置準確體現了作品的主題，而這個繆斯女神肯定就是惡魔梅菲斯托。

我就這樣把剩下的秋天和冬天全投入到《浮士得》的創作上，一開始設定的截稿目標分量實際上已失去意義，不知不覺間已經超過兩百頁 A4了。寫完初稿，我獲得韓秀美分社長的反饋後開始寫二稿，作品的內容又開始增加了。一般寫二稿時我都要刪減內容，但不知為何小說中那些狠心的角色似乎不想退出主要舞臺。最後，直到二〇一九年春天，連頸椎間盤突出的疼痛都消失後，我才完成整部作品。結束了，二四二頁

A4，一九三八頁稿紙，感覺我寫完了真正的長篇小說，感覺像真正讀完了《浮士德》。

朴俊錫能投出來自地獄的左手火球，是職棒界最強投手。明年就能進軍美國職棒大聯盟的他，今天也以完美的控球奪得勝利。俊錫相信比賽與人生都由自己一手掌控，然而他卻在回家的路上遭遇了可疑的車禍，因此失去了意識。在醫院睜開眼睛後，一位神祕的女性站在俊錫面前，這位女性名叫景兒，她說：「你的大腦裡有一隻水蛭。」她說那隻水蛭是個特別連接體，能把俊錫的視覺、聽覺、嗅覺訊息傳達出去，真正的吸血鬼是一個老人，他透過連接體來徹底共享並操縱俊錫的人生。景兒將一支舊型的免實名制手機交給一臉難以置信的俊錫，要求他在連接體打開前聯絡她，然後人就消失了。

泰根在獨裁政權中執行著各種惡法與行政事務，一路當上了國會議長，退休後過著隱居的生活。然而在這十年間，泰根祕密協助「韓國梅菲斯托」的設立，並成為首屆的會員「浮士德體」，在梅菲斯托的體系下過著第二人生。梅菲斯托是個娛樂系統，他們將特殊的連接體插入年輕人的大腦，把年輕人的人生當作自己的人生來享樂，成為會員的浮士德能利用各種梅菲斯托系統，操控被選中的青年的未來，並藉此競爭與下注。只有六十五歲以上且擁有權力的老人，才能繳一百億韓元的入會費進入系統，系統在嚴格的保密與安全設置下進行，是個專屬於他們的遊戲。

景兒的父親去年去世，是先進集團的會長崔炯植。她從父親遺留下來的一本書中得知了一切，也發現梅菲斯托和俊錫的浮士德與父親的死亡有關。於是景兒決心要找敵人報仇，她需要俊錫的幫助，因為俊錫是她從父親的紀錄中唯一找到的「浮士得」。為了奪回自己的人生，俊錫必須找到自己的浮士德，景兒則為了替父親報仇必須跟俊錫攜手合作。為了對抗梅菲斯托和浮士德，兩人展開了痛苦的一戰。浮士得俊錫能否找回那個被梅菲斯托與浮士德搶走的自己呢？景兒能成功報仇嗎？還有，另一位浮士得恩敏從俊錫那裡聽說自己大腦裡有隻水蛭，恩敏又會如何呢？為了擺脫由老人欲望所創造出的可怕系統，年輕人朝著自由前進，不停奮鬥。

《浮士得》於二〇一九年四月在Wisdom House出版，我得到了想要的驚悚小說。書籍出版後，我必須找份新工作。我要寫下一部作品，而爲了寫下一部作品我又要繼續活下去。

二〇二〇年，這部作品交給了ＣＪ娛樂電視劇製作局的 Studio Dragon，正在開發成電視劇，書籍的版權已經賣給德國某家出版社，預計明年夏天將推出給歌德的後裔們看。寫《浮士得》時，我希望這部作品能被翻譯成德語，也希望這個故事能以影像的方式讓更多人看見，而這一切都正在實現中。

金浩然的故事、說故事的人的故事，將持續下去。

結語
空腹寫作

我一天吃一餐已經第二年了，許多人透過電視與報導了解到這種飲食習慣的優缺點。我天生就是易胖體質，也喜歡吃吃喝喝，四十歲後加上年紀的影響，總是處在適當膨脹的狀態，膨脹的不是生活的希望，而是生活的重擔膨脹到快炸掉了。大概就是從那時候開始的，我平常就不怎麼吃早餐，會上午空腹寫作後吃個午餐。但某天我沒吃午餐，一直很投入地寫作。結束後我讀了自己在空腹狀態下寫的文字，眞的非常滿意。奇妙的是，太陽都已經下山了，我卻完全不會飢餓。這個經驗非常新奇，彷彿在隱喩我的文字就是我的糧食，最重要的是，整天空腹後再吃到的那一餐實在很好吃。忍住飢餓或忘記飢餓後再吃的一餐眞的很美味，好吃到讓我不禁想到，要是我寫的文字有這麼美味的話，那該有多好啊。

從此以後，除非午餐特別有約，否則我一天只吃一餐。因為一天一餐不但有減少伙食費、增加寫作時間的基本優點，再加上前面說的，這一餐既是晚餐又是唯一的一餐，用這份快樂結束整天的工作會加倍愉快。我的工作特性是一定會窩在工作室裡，一天一餐的生活習慣起因於此，當然還跟我先天的體質有關，不適用於一般人的生活。可以肯定的是，空腹寫下的文字總是帶著某種飢餓感。韓文會用「虛肌」來形容飢餓，虛代表空，肌代表渴求。每當我的肚子與我所寫的故事中有了空白，飢餓與渴望就會竭盡全力想填補空白。想填飽虛肌，迫切的手就開始打字，打下來的字就成了故事，然後又成為填飽我肚子的食糧。

作為一位作家寫作已經二十年了，我總是感到不足、渴望，感到飢餓、空虛。作家的人生不只是貧窮而已，並非只有生計的痛苦才會讓人覺得飢餓。虛無的存在感會讓人感到空虛，吃再多也吃不飽，而無法被認同的默默無名生活，讓人即使喝了滿肚的酒也不會醉。是不是為了擺脫空腹與飢餓產生的空虛，我才一寫再寫呢？

現在我要用空腹的力量寫作，以飢餓作為編故事的動力。世上沒有完美的東西，也沒必要去填補不足之事，我寫的故事能得到多少人認可也變得不再重要了。雖然貧困又窘迫，雖然寒酸又可憐，然而身為一個作家我生存了下來，我還活著，而且會繼續生存下去。現在做其他事的能力已退化，所以我也不再討厭不夠好的自己，得到能厚著臉皮活下去的能力。因爲我已經知道，就像空腹狀態下寫的文句成爲讓我活下去的食糧一樣，人生雖有缺陷，但也會有故事，我已經學會怎麼珍惜這些故事了。

我本來想講的故事是關於以前寫過的作品，結果全都是關於人的故事。本來我不想寫關於人的故事，但所有故事好像都變成了我與某人相遇並一起創作的故事。電影、劇本、出版、小說都是無法獨自完成的，多虧了這些人和這些故事，感謝他們以及他們的辛勞，是他們陪著沒什麼寫作經驗的我走過一切。人是沒辦法獨自生存的，故事也不是自言自語，爲了講故事給幫助過我的你們聽，我會繼續寫故事，我會珍惜我空空的胃，繼續寫作。

Eurasian Publishing Group
圓神出版事業機構
用心與你對話・視野無限寬廣
先覺出版社
Prophet Press

www.booklife.com.tw reader@mail.eurasian.com.tw

人文思潮 166

每天寫，重新寫，寫到最後：
《不便利的便利店》韓國百萬暢銷作家生存記

作　　者／金浩然
譯　　者／陳思瑋
發 行 人／簡志忠
出 版 者／先覺出版股份有限公司
地　　址／臺北市南京東路四段50號6樓之1
電　　話／（02）2579-6600・2579-8800・2570-3939
傳　　真／（02）2579-0338・2577-3220・2570-3636
副 社 長／陳秋月
資深主編／李宛蓁
責任編輯／李宛蓁
校　　對／朱玉立・李宛蓁
美術編輯／蔡惠如
行銷企畫／陳禹伶・鄭曉薇・林雅雯
印務統籌／劉鳳剛・高榮祥
監　　印／高榮祥
排　　版／陳采淇
經 銷 商／叩應股份有限公司
郵撥帳號／ 18707239
法律顧問／圓神出版事業機構法律顧問蕭雄淋律師
印　　刷／祥峰印刷廠
2023年9月　初版

This edition is published by arrangement with PlanetB Publishing
Through KL Management, Seoul and
Andrew Nurnberg Associates International Limited

定價 350 元　ISBN 978-986-134-472-0　

嚴肅的小說家總是永無止境地寫，寫出一個又一個前所未見的新世界。因此，寫小說不是套公式，也不是巧手拼接裝配，而是考驗作家對自身體悟的理解和反思

——《史丹佛大學創意寫作課：每一堂都是思想的交鋒，智識的探險，精采絕倫！》

國家圖書館出版品預行編目資料

每天寫，重新寫，寫到最後：《不便利的便利店》韓國百萬暢銷作家生存記 / 金浩然 著；陳思瑋 譯.
-- 初版 .-- 臺北市：先覺出版股份有限公司， 2023.09
256 面；14.8×20.8 公分 . --（人文思潮；166）
ISBN 978-986-134-472-0（平裝）

1.CST：寫作法

811.1　　112012105